JOSEP MARIA MIRÓ

El Monstruo / El Monstre

XXXII Premio SGAE de Teatro Jardiel Poncela

Edición bilingüe: castellano / catalán

fundación sgae

JOSEP MARIA MIRÓ
El Monstruo / El Monstre
Primera edición / Primera edició, 2024

© De *El Monstruo / El Monstre*: Josep Maria Miró Coromina
© De la traducción al castellano / De la traducció al castellà: Eva Vallines Menéndez
© Para esta edición / Per a aquesta edició: Fundación SGAE, 2024

Coordinación editorial / Coordinació editorial: Pilar López
Diseño gráfico y de cubierta / Diseny gràfic i de coberta: José Luis de Hijes
Maquetación / Maquetació: spandaeditorial.com
Corrección / Correcció: Mariona Gratacòs para Manners Traduccions, SL
Logotipo de la colección / Logotip de la col·lecció: Francisco Nieva
Imprime / Imprimeix: Estugraf Impresores, SL

Edita: Fundación SGAE
www.fundacionsgae.org publicaciones@fundacionsgae.org

ISBN: 978-84-8048-954-6
ISBN electrónico / ISBN electrònic: 978-84-8048-955-3
DL: M-18977-2024

Índice

El Monstruo (castellano). 7

El Monstre (catalán). 109

JOSEP MARIA MIRÓ

El Monstruo

XXXII Premio SGAE de Teatro Jardiel Poncela

La elaboración de este texto contó con una ayuda a la creación
de la Institució de les Lletres Catalanes en el año 2021.
La traducción al castellano de *El Monstruo* ha sido posible gracias a una
ayuda a la traducción de textos teatrales 2024 del Institut Ramon Llull.

A Fernando Parodi (y la luna)

El pasado es lo que recuerdas,
lo que imaginas que recuerdas,
lo que te convences de que recuerdas
o lo que finges recordar.

Harold PINTER, *Viejos tiempos*

El Monstruo

Personajes

ALGUIEN
SANTI
BERTA

Notas previas a la lectura

/ Indica que la réplica siguiente corta inmediatamente lo que se está diciendo. Si aparece dentro del parlamento de un mismo personaje, indica que la frase que viene a continuación corta abruptamente la idea anterior.

(...) Indica una réplica o reacción no verbal. Quizá solo un suspiro, una mirada, o un pequeño gesto.

--- Indica el encadenamiento entre dos frases, finalizadas o no, enlazando la última sílaba de una palabra con la primera de la otra, con una misma respiración y sin contemplarlo como un punto.

No hay ningún oscuro durante toda la obra.

ALGUIEN.— Noche. Es de noche. Siempre será de noche. Esta es una de las casas más bonitas del pueblo. Es de piedra y tiene un patio con un laurel que sobrevivió a un rayo que lo partió por la mitad. Estoy en el segundo piso. Entro en la habitación de Berta. Duerme. También Santi. ¿Sueñan? Quizá. Deben de soñar. Sí, sueñan. El sueño de él ha tomado cuerpo y busca el de ella, que se deshace de él. Al poco es Berta la que se desvela y se incorpora. ¿Qué te pasa, Berta? Nunca cierran las persianas y la luz de la luna, en cuarto creciente, cubre el cuerpo de Santi. Berta me ha visto, observándolos en la oscuridad desde la puerta. Me sonríe. Yo también le sonrío. Me observa. Se pone encima de Santi y empieza a moverse. Berta se mueve deliciosamente, de una forma que hechiza. Coloca las manos encima de su pecho peludo y las desliza hasta juntarlas encima de su cuello. Las aparta, detiene el movimiento, se retira de encima de él y vuelve a tumbarse y, quizá, finge que se duerme. Santi, medio adormilado, quizá llora. ¿Por qué lloras, Santi? Me voy a la habitación de Adrià. En esta casa, nadie cierra las persianas, tampoco las puertas. Adrià está tumbado en la cama. Escucha música. A menudo se queda dormido con los auriculares puestos. Me gusta Adrià. Entro, me hace sitio y me tumbo a su lado. Se dormirá en un rato. Adrià, para dormir, solo lleva una camiseta. A veces, a media noche o de madrugada, se levanta, va al baño o a la cocina a beber un vaso de agua. La cocina está en el piso de abajo. Hay un baño arriba y también otro abajo. Él va al de abajo para evitar que su madre y Santi escuchen el sonido de la cisterna y se despierten. La casa tiene el suelo de madera y todos pasean descalzos. Es cálido, como toda la casa. Hay que ir con cuidado. Algunas partes crujen. Es un crujir que parece un grillo en un intento desesperado de afinación. A veces, cuando Adrià sube de la cocina o del baño, se acerca a la puerta de la habitación donde duermen Berta y Santi. Santi vive con su padre y no se queda todas las noches. Muchas, pero no todas. A menudo, pero no siempre. Santi me recogió y me trajo a esta casa. Era una noche que llovía a cántaros. Yo estaba empapado, en medio de la antigua carretera de salida del pueblo. No pasan muchos coches, pero todavía puedes encontrarte a alguien perdido... deambulando... haciendo autostop. ¿Por qué? Santi detuvo el coche, bajó, me cogió en brazos, muy delicadamente, y me puso en el asiento de atrás. No se asustó. Yo tampoco. Ninguno de los dos dijo nada. Mientras conducía, me pareció que temblaba. También que lloraba. No me lo pareció. Lo vi a través del retrovisor. En alguna de las visitas de Adrià a la cocina o al baño, se planta en el umbral de la puerta de la habitación de su madre y se queda un rato mirando cómo duermen. En alguna ocasión los pilla haciendo el amor. A veces, yo lo acompaño. Se agacha, hunde sus dedos en mi cabeza, me acaricia y nos quedamos, cómplices en silencio y en la oscuridad, como dos búhos, mirando sus cuerpos. A Santi y a Berta, les gusta encontrar mis ojos en la oscuridad, contemplando cómo hacen el amor. No les haría tanta gracia encontrarse con los del hijo de Berta. Adrià, finalmente, se ha dormido con los auriculares puestos y la luz encendida. Hay alguien en el baño. Ha entornado la puerta. Extraño. Entro. Es Santi. Hace un gesto de sorpresa y se sube rápido los calzoncillos. Me pone la mano en el cuello. Parece que vaya a estrangularme. Me gusta que me agarre con este gesto violento, pero que acabe acariciándome. Se levanta de la taza del váter y vuelve a la habitación. Coge algunas prendas de ropa y se va al piso de abajo. Mete la mano dentro de un jarrón como si fuese a sacar algo guardado en el fondo. No lo hace. ¿Qué ibas a hacer, Santi? Ahora comienza a vestirse. Una vez vestido se queda quieto en el sillón, mirándome fijamente a los ojos, como el día que me trajo por primera vez a esta casa.

BERTA.— No lo parece.

SANTI.— Claro que lo es.

BERTA.— No pensarás endosármelo.

SANTI.— No puedo hacerme cargo de él. Solo temporalmente. Estaré casi un mes trabajando fuera.

BERTA.— Un mes...

SANTI.— Aún no me he ido y ya te echo de menos.

BERTA.— No seas ridículo.

SANTI.— Me he acostumbrado.

BERTA.— (...)

SANTI.— A tu olor.

BERTA.— Ya... Mi olor... Cuando vuelvas, el que se habrá acostumbrado a esta casa, al olor de esta casa, será él. Entonces sentirá que es su casa. También se habrá acostumbrado a mí, a mi olor, a Adrià y al suyo. Entonces ya no querrá ir a ninguna otra parte.

SANTI.— A Adrià le gustará.

BERTA.— A mí también. Ya me gusta. Me parece que tiene mis ojos, pero la nariz sin duda es tuya.

SANTI.— ¿Lo ves? Estaba allí, en medio de la carretera... Mutilado, pobre bestia. ¿Por qué le cortarían la cola?

BERTA.— ¿Y esta marca del cuello?

SANTI.— ¿Qué te han hecho?

ALGUIEN.— Intenta tocarme el cuello. Me echo hacia atrás. Hago un gesto repentino. Quizá violento. Sí, violento. Le enseño los dientes.

SANTI.— Eh... Tranquilo... Solo quiero... No te haré nada.

BERTA.— Ten cuidado, que no te muerda.

SANTI.— Es como si lo hubiesen atado con una cuerda. Lo tiene magullado. También heridas por todo el cuerpo. ¿Quién te ha hecho daño? Hay que ser muy /

BERTA.— Nunca había visto una cara tan humana. ¿Quién eres? ¿De dónde has salido?

SANTI.— De pequeño tuve uno.

BERTA.— ¿Cómo se llamaba?

SANTI.— Bruc.

BERTA.— Nunca me has hablado de él.

SANTI.— ¿No?

BERTA.— No. Nunca. ¿Por qué no lo llevas a tu casa?

SANTI.— (...)

BERTA.— Si tuvisteis un perro --- ¿de verdad te parece que es un perro...? Quizá a tu padre le haría ilusión.

SANTI.— Mi padre es mayor... Prefiero... Mejor que no. Claro que es un perro.

BERTA.— Es tan bonito que duele. Si le aguanto mucho rato la mirada, creo que me echaré a llorar.

SANTI.— ¿Por qué dices eso?

BERTA.— No lo sé. Nos mira, como si supiese que estamos hablando de él... Esperando mi aprobación... ¿Por qué me haces esto?

SANTI.— Tendrías que haberlo visto en medio de la carretera... Empapado. Podía haberlo atropellado cualquier coche. Menos mal que no pasa mucha gente. Parecía esperar a que lo atropellaran.

BERTA.— ¿Por qué prefieres ir por allí y no por la carretera nueva? No pasa nadie. Imagínate que...

SANTI.— (...)

BERTA.—... que te ocurre algo. Podrían pasar horas sin que nadie te encontrase.

SANTI.— ¿Qué quieres que me ocurra? ¿Qué me va a ocurrir? Parece que quieres que me ocurra algo.

BERTA.— No quiero que te ocurra nada. Es estrecha. Llena de curvas. No circula nadie. Aunque mejor así. Casi no hay espacio para que pasen dos coches y más vale no encontrarse con otro que venga de frente... El bosque... tan espeso... Las montañas... Es un lugar difícil de transitar. Esa zona es tan sombría que, tanto a primera hora como al atardecer, siempre está escarchada. No entiendo por qué, habiendo una carretera nueva, tú prefieres pasar por esa, por la que ya no pasa nadie.

SANTI.— No hay nada más bonito que conducir entre árboles cubiertos de escarcha. ¿Nos lo quedamos?

BERTA.— Querrás decir "me lo quedo". ¿Estás seguro de que no es un zorro?

SANTI.— ¿Cómo va a ser un zorro? Un zorro no se dejaría acariciar. Tampoco coger. Lo he llevado en brazos. No habría subido al coche. ¿No has visto lo manso que es?

BERTA.— Más bien huraño.

SANTI.— Todavía no nos conoce.

BERTA.— Te ha enseñado los dientes. Ha intentado /

SANTI.— Era su forma de decir que tiene miedo.

BERTA.— ¿Sabes que anda un zorro por el pueblo? Ha entrado en varias casas e incluso ha matado animales: gallinas, conejos...

SANTI.— No tiene el aspecto de un zorro.

BERTA.— Tampoco de un perro. Quizá es poco salvaje para vivir en el bosque y será poco doméstico para vivir en una casa. ¿Un zorro se podría haber cruzado con un perro?

SANTI.— ¡No digas tonterías! ¿Lo has pensado? En este pueblo todo el mundo tiene un perro. Ahora seremos como todo el mundo. Pero diferentes. Tendremos un perro que parece un zorro. ¿Así que anda uno por el pueblo?

BERTA.— Dicen.

SANTI.— ¿Te lo has inventado?

BERTA.— ¿Por qué iba a hacerlo?

SANTI.— Para que cambie de idea.

BERTA.— ¿Cambiarías de idea si no fuese un perro?

SANTI.— ¿No te gusta?

BERTA.— Haremos creer a todo el mundo que es un perro.

SANTI.— Si no lo fuese... Sí... Me gustaría tener un zorro.

ALGUIEN.— Así llegué a casa de Berta, que, en cierto modo, también es la de Santi. Hará unos... cuatro años. Creo que a Santi le recuerdo a alguien. ¿A Bruc, tu perro de niño? ¿O quizá no? ¿A quién? Y a ti, Berta... ¿A quién te recuerdo? A Adrià, quizá a su padre, al que no ha conocido nunca y que ni siquiera sabe quién es.

BERTA.— Antes de que crezcas y empieces a hacer preguntas, te lo digo ahora y nos olvidamos para siempre. Aunque te cueste creerlo, un día tu madre fue joven y alocada. No sé quién era. Tampoco cómo se llamaba. Un turista. Creo. Quizá... nórdico. O del este. Tampoco lo recuerdo. Incluso se me ha borrado la cara. Era un chico muy guapo, de eso sí que me acuerdo. Como un animal salvaje. Yo iba en coche. Él hacía autostop. Lo subí. Fue así como pasó.

ALGUIEN.— Ahora Adrià tiene veintipocos años. Cuando Berta le soltó esto, tendría unos diecisiete. Ninguno de los dos ha hablado de ello nunca más. No ha hecho falta. Este fin de semana empezará el verano. El pueblo, desde que salen los primeros brotes y hasta que florecen, está precioso. Son cuatro casas mal contadas, de entre las que sobresale la chimenea larga y afilada de la antigua fábrica. Berta se ha despertado. Debe de haber notado la ausencia de Santi en la cama. Quizá su inquietud, que también podría ser la de ella. Baja sigilosamente las escaleras. Santi está de espaldas, pero siente la presencia de Berta y que nos está observando. También, que yo he levantado la cabeza y la miro. Santi continúa mirándome fijamente. Ella empezará a hablar y él, al menos de momento, no se da la vuelta.

BERTA.— ¿Qué pasa?

SANTI.— ¿Qué quieres que pase?

BERTA.— ¿Qué hora es?

SANTI.— *(...)*

BERTA.— *(...)*

SANTI.— *(...)*

BERTA.— Santi... Son las tres de la mañana.

SANTI.— Intenta dormir.

BERTA.— *(...)*

SANTI.— *(...)*

BERTA.— Te has vestido...

SANTI.— Me voy.

BERTA.— ¿Cómo que te vas?

SANTI.— Sí.

BERTA.— ¿Adónde?

ALGUIEN.— Ahora sí. Se da la vuelta. Ve su cara extrañada, va hacia ella y le da un beso.

SANTI.— Vuelve a la cama. Me voy a mi casa.

BERTA.— ¿Le pasa algo a tu padre?

SANTI.— ¿Qué le va a pasar?

BERTA.— Te vas a estas horas...

SANTI.— No le pasa nada.

BERTA.— Ayer llamó.

SANTI.— ¿Qué quería?

BERTA.— Hace días que no vas.

SANTI.— No me dijiste nada.

BERTA.— No me acordé. Nunca pasas tantos días aquí. ¿Va todo bien?

SANTI.— Quiero que me encuentre en casa cuando se despierte.

BERTA.— ¿Me lo cuentas?

SANTI.— No hay nada que contar.

BERTA.— *(...)*

SANTI.— Hoy inauguran el centro cívico en la antigua fábrica del Tuerto. Me dijo que quiere ir. ¿Vendrás?

BERTA.— Quizá. No sé. Sí... Iré.

SANTI.— Cuando se levante me encontrará en casa. Desayunaremos y lo acompañaré.

BERTA.— Tu casa está a cuatro pasos. No a diez mil kilómetros. ¿Por qué te levantas a las tres de la madrugada para ir aquí al lado?

SANTI.— *(...)*

BERTA.— Si no me llego a despertar ahora... ¿Qué habría pasado? Mañana por la mañana me encontraría con que te has ido, sin decir nada, como un ladrón.

SANTI.— ¡Como un ladrón...!

BERTA.— Como un ladrón, sí.

SANTI.— Muchos días me levanto antes que tú y vuelvo a mi casa.

BERTA.— Sí, pero, aunque esté durmiendo, me das un beso e incluso me dices "adiós" o "buenos días". ¿Me lo cuentas?

ALGUIEN.— Santi no dice nada. Agacha la cabeza. Quizá piensa que hace unos días Berta estaba en su lugar, donde ahora está él, y que era ella quien se había levantado a estas horas. ¿Qué te pasaba, Berta?

BERTA.— (...)

ALGUIEN.— Finalmente, todavía con la barbilla tocando el pecho...

SANTI.— Hace unos días... me llamó.

BERTA.— Te llamó...

SANTI.— Sí.

BERTA.— Hace unos días...

SANTI.— Sí.

BERTA.— ... te llamó --- ¿Quién te llamó?

SANTI.— Prefiero no pronunciar su nombre.

Pausa larga.

BERTA.— Es quien me imagino...

SANTI.— Sí.

BERTA.— ¿Al móvil?

SANTI.— No.

BERTA.— ¿No te llamó al móvil?

SANTI.— No... Aquí.

BERTA.— Aquí. A mi casa.

SANTI.— Sí.

BERTA.— ¿Al fijo?

SANTI.— Sí.

BERTA.— ¿Estás seguro?

SANTI.— Claro. Ya casi nadie llama a casa.

BERTA.— Si te llamó aquí...

SANTI.— *(...)*

BERTA.— *(...)*

SANTI.— Ya...

BERTA.— Ya, ¿qué?

SANTI.— Nada.

BERTA.— Era a mí a quien buscaba.

SANTI.— No lo sé... No lo había pensado. ¿Por qué iba a buscarte?

BERTA.— ¿Cómo que no lo habías pensado?

SANTI.— En ningún momento me dijo que te llamase a ti.

BERTA.— Lo cogiste tú. Le contestaste tú. Pero llamó a mi teléfono. A mi casa.

SANTI.— ¿Lo conocías mucho?

BERTA.— Como a todo el mundo.

SANTI.— ¿De qué forma se conoce a todo el mundo?

BERTA.— Como a todo el mundo del pueblo. Ni más ni menos que a cualquier otra persona de un lugar pequeño donde todos nos conocemos --- ¿Cuánto hace de eso? --- ¿A qué hora te llamó?

SANTI.— El lunes hará una semana. ¿Por qué me preguntas...? ¿Qué importa /

BERTA.— Según tú, nada importa. Llamó a mi casa. No a la tuya. Según la hora a la que lo hiciese... quizá quería encontrarte a ti. Hablar contigo. Hacerte notar que sabía que yo no estaba. Hacerte notar que sabe que tú y yo... ¿Cómo sabía que te encontraría en mi casa? ¡Mañana hará una semana...! ¿Cuándo pensabas / Nada es importante para ti. Sí que importa. Para saber si te buscaba a ti o a mí. ¿Qué quería?

Pausa.

SANTI.— Hablar.

BERTA.— Hablar...

SANTI.— ¿Por qué tienes esta mala costumbre?

BERTA.— ¿Qué mala costumbre?

SANTI.— Repetir lo último que he dicho /

BERTA.— Si lo repito debe de ser porque necesito decirlo, oírlo en voz alta, que salga de mi boca, y confirmar que eso es lo que he oído. Ojalá lo repitiera, me interrumpieras y me dijeras: SANTI o quizá BERTA.— "No. No es cierto. Eso no lo he dicho".

BERTA.— Ojalá. Pero hasta ahora, y te juro que me cuesta creerlo, todo lo que he repetido, y por tanto escuchado, es exactamente lo que ha salido de tu boca.

SANTI.— *(...)*

BERTA.— Hablar.

SANTI.— Sí, hablar.

BERTA.— No entiendo por qué no me has /

SANTI.— Necesitaba... /

BERTA.— Necesitabas ¿qué? ¡¿Qué necesitabas?! /

SANTI.— ¡No lo sé! ¡No lo sé! ¡Hostia! ¡¿Qué pasa?! ¡¿Tengo que saberlo todo?! ¡¿Tengo que saber cómo reaccionar a cada segundo?! ¡¿Te crees que para mí...?!

ALGUIEN.— Hay una pausa. Larga. Casi un silencio, pero no lo es. Quizá un pequeño gesto, una respiración... Es como si se dijesen algo, pero sin palabras. Mi cabeza sigue la expresión de uno y otro. Me miran como si me pidiesen ayuda. Santi me pone la mano en la cabeza. Me acaricia. ¿Me lo parece o...? Sí. Tienes el pulso disparado.

BERTA.— *(...)*

SANTI.— *(...)*

BERTA.— *(...)*

SANTI.— *(...)*

BERTA.— *(...)*

SANTI.— *(...)*

BERTA.— *(...)*

SANTI.— Lo siento...

BERTA.— *(...)*

SANTI.— *(...)*

BERTA.— *(...)*

ALGUIEN.— Berta parece que... ¿Qué quieres hacer, Berta? Pero no lo hace. No hace nada. ¿Por qué no haces nada?

SANTI.— Mierda...

BERTA.— Yo también lo siento. Lo siento mucho.

SANTI.— Perdóname.

BERTA.— Él. Todo este tiempo... Una simple llamada. Tú y yo... a estas horas... Desbaratarlo todo. Ya ves que lo ha conseguido.

SANTI.— *(...)*

BERTA.— *(...)*

SANTI.— No entiendo cómo no lo reconocí. Su voz... No la reconocí al instante, pero no ha cambiado.

ALGUIEN.— ¡Eh! ¿Cómo estás? Pensaba que no te encontraría en casa. ¿Cómo va?

SANTI.— ¿Quién eres?

ALGUIEN.— ¿No me conoces?

SANTI.— ¿Quién eres?

Pausa.

SANTI.— ¿Hola?

Pausa.

SANTI.— ¿Hola?

Pausa.

BERTA.— ¿Por qué no decía nada?

SANTI.— No lo sé. Pensé que era un amigo de Adrià... A esta edad, a veces... O quizá alguien que se había equivocado --- El teléfono --- El teléfono es como un arma --- Quizá había algún problema con la línea telefónica y, simplemente, no me oía. ¿Hola? ¿Quién eres?

ALGUIEN.— Santi...

SANTI.— Mi nombre. No dudó. No lo confundió escuchar una voz que no fuera la tuya.

ALGUIEN.— ¿No me conoces?

SANTI.— Yo no sabía con quién hablaba.

ALGUIEN.— ¿De verdad?

SANTI.— Él, sí. No era un error. Me buscaba a mí y sabía que podía encontrarme aquí.

ALGUIEN.— Soy yo. ¿Cómo estás?

SANTI.— ¿Quién eres?

ALGUIEN.— Soy yo, el Monstruo.

Pausa.

BERTA.— ¿Dijo... "el Monstruo"?

SANTI.— Sí. Dijo estas palabras. El Monstruo.

Pausa. Casi un silencio. Casi un silencio que prácticamente lo detiene todo.

SANTI.— Creo que colapsé. Estaba helado. Las manos frías. Aguantó aquel silencio... largo. Terrible. Entonces... se rio.

BERTA.— ¿Por qué?

SANTI.— No lo sé.

BERTA.— ¿Por qué se rio? ¿De qué se rio? ¿Qué podía hacerle gracia?

SANTI.— No sé por qué se rio --- de qué --- qué podía hacerle gracia --- Me pareció que reía... Quizá no lo hizo, pero yo lo imaginé sonriendo, sin hacer ningún tipo de ruido / Solo oía aquel silencio aquí en mi cabeza / Veía —es como si la volviera a ver ahora— su cara sonriente, como la última vez que lo vi. Hace muchos años. Aquella madrugada, en medio de la carretera /

ALGUIEN.— Para el coche.

SANTI.— (...)

ALGUIEN.— Aquí.

SANTI.— Lo paré y me miró fijamente a los ojos sin decir nada.

ALGUIEN.— Santi, a veces, obvia algunos detalles. Aquí, por ejemplo, debería contar que paró el coche, sí, lo miré fijamente a los ojos sin decir nada, sí, por supuesto... y le di un beso en los labios.

SANTI.— Entonces abrió la puerta, bajó y empezó a caminar por el centro de la carretera. Yo salí. ¿Adónde vas?

ALGUIEN.— Todavía se oye el rumor de los hombres coreando su nombre. ¿Lo oyes? "¡Carla, Carla, Carla...!". Todavía deben de llevarla en brazos. Atravesaré el bosque. Quizá los encuentre. Me iré tan lejos de este lugar como sea posible. ¿Por qué no dejas el coche aquí? --- Que lo encuentren abandonado. Ven conmigo.

SANTI.— ¿Adónde quieres ir? Aún iluminado por los faros, se agachó... Cogió algo... No sé qué cogió... Se dio la vuelta y sonrió de aquella manera /

ALGUIEN.— *(Sonríe o no)* ¿De qué manera?

SANTI.— Grité su nombre varias veces, pero nada.

ALGUIEN.— También obvia que, en ese preciso instante, dijo algo más. Unas frases que, como yo, también se perdieron en la oscuridad y entonces no supo si yo las había llegado a escuchar o no...

SANTI.— Después, puse en marcha el coche y avancé lentamente. Se había fundido en la oscuridad para siempre. Hasta ahora. Al día siguiente por la mañana, cuando... Todo aquello... Terrible... Quizá, en aquella llamada, no se rio y yo me lo imaginé.

ALGUIEN.— ¡Eh! ¿Hola? ¿Santi?

SANTI.— Hola...

ALGUIEN.— ¿Cómo estás? ¿Berta? ¿Y Adrià? Se llama Adrià, ¿no?

BERTA.— ¿Cómo sabes que Santi y yo...? ¿Cómo sabes el nombre de Adrià? ¿De dónde lo has sacado?

ALGUIEN.— ¿Le contarás, Berta, que nos hemos encontrado?

BERTA.— ¿Qué quieres?

ALGUIEN.— Verte. Hablar.

BERTA.— Aquí me tienes. Habla. No me das miedo. Di lo que me tengas que decir y vete.

ALGUIEN.— Berta, a veces, no es que obvie algunos detalles. Hay cosas que, simplemente, ni las cuenta, como que nos vimos hace unos días, la misma semana que llamé a Santi.

SANTI.— No sé cómo sabía el nombre de Adrià... ni que tú y yo...

ALGUIEN.— Siempre imaginé que acabaríais juntos.

BERTA.— ¿Sí? ¿Qué te hacía pensarlo?

ALGUIEN.— ¿Cuántos años te saca, Santi? Eran diez... ¿o más? Más ¿no? Adrià ya debe de ser... mayor... Ya no es un adolescente... Un chaval. Como nosotros, cuando éramos amigos. Todavía lo somos. Somos amigos, ¿no?

BERTA.— ¿De dónde sacó... todo eso?

SANTI.— Hoy en día... No es tan complicado acceder /

BERTA.— ¿Acceder, a qué? --- ¿De qué hablasteis? Has dicho que quería hablar. ¡Pues habla!

ALGUIEN.— A la salida del pueblo, pasadas las dos rotondas... hay un bar... un bar de carretera. Allí paran camioneros. Tráilers. La gente del pueblo, no. Nunca. Solo camioneros. También conductores que se desvían de la autopista. ¿Por qué se desviarán? Algunos van a parar allí por error. ¿Qué clase de error? Pero allí nunca encuentras a gente del pueblo. ¿Por qué? En una de las paredes del exterior trepa una pasiflora. Es una planta preciosa... La flor --- ¿Sabes de qué planta te hablo? Tiene una flor que no se parece a nada. A nada de este mundo. ¿Quedamos? Quedamos allí. Allí fuera. Junto a la planta. La llaman *la flor de la pasión*. Se ve que tiene propiedades ansiolíticas, sedantes... hipnóticas. Dicen. También. Fíjate: es la flor más bonita que hayas visto nunca. ¿Quieres quedar? Allí, sí. En el pueblo, no. ¿Cómo lo tienes pasado mañana, miércoles?

BERTA.— Dentro de un rato empezará a amanecer. Será... domingo. Te llamó el lunes / Casi una semana, Santi. ¿Por qué no me has dicho nada hasta ahora?

SANTI.— *(...)*

BERTA.— Le dijiste que no.

SANTI.— Sí...

BERTA.— ¿Insistió?

SANTI.— Insistir... ¿En qué?

BERTA.— En verte.

SANTI.— No.

BERTA.— Espero que no vuelva a intentarlo. Que no te busque. Que no nos busque. Tampoco a mí.

SANTI.— El miércoles...

BERTA.— *(...)*

SANTI.— ... nos vimos.

ALGUIEN.— Aquí, de nuevo, una pausa. ¿Qué piensas, Berta? ¿Por qué te quedas unos segundos sin decir nada? ¿Por qué no le has dicho nada de nuestra cita de días antes?

BERTA.— ¿Cómo que os visteis?

SANTI.— Nos encontramos.

BERTA.— Has dicho que le dijiste que no.

SANTI.— Sí.

BERTA.— ¿Entonces...?

SANTI.— Te he dicho que no... pero sí.

BERTA.— Por eso llegaste tarde.

SANTI.— Por eso llegué tarde, sí.

BERTA.— Cuando te llamé... el miércoles... Me habías dicho que vendrías a cenar... Aquella llamada tan extraña... /

SANTI.— ¿Extraña?

BERTA.— ¿... estabas con él?

SANTI.— No, no estaba con él.

BERTA.— *(...)*

SANTI.— Estaba de camino. Me acababa de despedir de él. Me llamaste. Después llamé a mi padre para decirle que no pasaría por casa.

ALGUIEN.— Pensaba que no querrías verme.

SANTI.— Me tienes aquí.

BERTA.— Aquí me tienes. Habla. No me das miedo. Di lo que tengas que decir y vete.

ALGUIEN.— Hola.

SANTI.— Hola.

BERTA.— Hola.

ALGUIEN.— No parece un día de invierno. Hace tan bueno que hasta tiene que ser malo. ¿Qué le pasa al tiempo?

SANTI.— ¿Por qué dijiste "el Monstruo"?

ALGUIEN.— En el pueblo me llaman así, ¿no?

SANTI.— *(...)*

ALGUIEN.— *(...)*

SANTI.— *(...)*

ALGUIEN.— *(...)*

SANTI.— Sí.

ALGUIEN.— ¿Tú también me llamas así? ¿Y Berta? Berta, ¿me llamas "el Monstruo"?

SANTI.— *(...)*

BERTA.— Nadie quiere pasar a la posteridad como un monstruo. ¿Qué haces aquí?

ALGUIEN.— El pueblo ha crecido...

SANTI.— ¿Has vuelto?

ALGUIEN.— No he dejado de hacerlo.

SANTI.— ¿Qué es lo que no has dejado de hacer?

ALGUIEN.— Pasear. Por los alrededores. Lo he visto, pero no me he acercado. Tú...

SANTI.— ¿Yo?

BERTA.— Yo, ¿qué?

ALGUIEN.— Lo más cerca que he estado del pueblo es contigo. Aquí. Ahora. Siempre. A tu lado. El pueblo ha crecido...

BERTA.— (...)

SANTI.— El polígono que está junto a la primera rotonda, antes de llegar a este lugar donde me has citado. Puede dar la impresión, pero no.

BERTA.— El pueblo no ha crecido.

SANTI.— Se ha ido mucha gente.

BERTA.— El polígono ha crecido, pero no hay trabajo. Solo almacenes y locales vacíos.

SANTI.— La gente que se ha quedado se va a trabajar fuera.

BERTA.— La gente solo viene a dormir.

ALGUIEN.— Cerraron la fábrica.

SANTI.— Sí...

ALGUIEN.— Del Tuerto.

BERTA.— Sí... Por suerte han hecho una carretera nueva /

ALGUIEN.— La del Tuerto, la han convertido...

SANTI.— En un centro cívico.

ALGUIEN.— Un centro cívico...

BERTA.— Lo inauguran dentro de unos días.

SANTI.— Han mantenido la estructura y la antigua chimenea.

BERTA.— Ha quedado bonito.

SANTI.— *(...)*

ALGUIEN.— *(...)*

SANTI.— *(...)*

ALGUIEN.— *(...)*

BERTA.— Ahora, con la carretera nueva, el pueblo está un poco mejor comunicado. Todo el mundo tiene que ir a trabajar fuera.

SANTI.— Aquí solo quedan algunas tiendas y cuatro oficios mal contados. ¿Qué es un pueblo al que la gente solo va a dormir?

ALGUIEN.— Un día, alguien, cuando suene su despertador, se dará cuenta de que es el último habitante que queda. Solo tendrá dos opciones: marcharse o volver a la cama y esperar a que también le llegue la hora.

SANTI.— Mientras hablaba, cogió con dos dedos, el pulgar y el índice, un insecto que estaba encima de la mesa.

ALGUIEN.— Berta, acerca tu cara a la mía.

SANTI.— Lo sujetaba así, mientras aquel bicho —no sé qué tipo de insecto era, quizá un escarabajo con alas— hacía fuerza con todo su cuerpo e intentaba mover las patas y las alas para echar a volar —quizá— y liberarse.

ALGUIEN.— ¿Y esa sonrisa?

BERTA.— No he sonreído. Imaginaciones tuyas. ¿Qué quieres?

ALGUIEN.— Lo sabes.

BERTA.— Eres asqueroso. No. No lo sé.

ALGUIEN.— ¿Te da reparo hacerlo aquí, en un bar donde solo hay camioneros?

SANTI.— Me había apartado la mirada y tenía los ojos clavados en los movimientos desesperados de aquel pobre insecto.

ALGUIEN.— Abre la boca, Berta.

BERTA.— Santi... Ahórrame ciertos detalles de este hombre.

ALGUIEN.— ¿Se duerme bien?

SANTI.— ¿... Qué?

ALGUIEN.— En el pueblo.

SANTI.— (...)

ALGUIEN.— Dices que ahora la gente solo viene a dormir.

SANTI.— (...)

ALGUIEN.— ¿Cómo está?

SANTI.— ¿Cómo está... quién?

ALGUIEN.— Ella...

BERTA.— Si esto es lo que querías, ya lo tienes. No he dejado de pensar en ti en todos estos años.

ALGUIEN.— ¿No?

BERTA.— No sé por qué lo he dicho.

ALGUIEN.— Tu aliento...

BERTA.— Ya tienes lo que me has pedido.

ALGUIEN.— ¿Fumas?

BERTA.— No.

ALGUIEN.— Todavía fumas.

BERTA.— Te equivocas.

ALGUIEN.— Más suave. Quizá... ¿mentolado? ¿Lo sabe él?

BERTA.— No sé de qué me hablas.

ALGUIEN.— ¿A escondidas?

BERTA.— No. Hace años que no. Ni él ni yo. ¿Sabes? He tenido algún sueño tan real que me ha parecido que lo volvía a hacer. En mi sueño, no pasa nada, solo yo fumando. Consumiendo lentamente el cigarrillo. Inspirando y expirando el humo. Es mejor que todos los que he fumado en mi vida. A veces, no basta con la realidad. Cuando me despierto, por la mañana, incluso tengo la boca seca, como cuando has estado fumando toda la noche --- ¿Te lo puedes creer? --- Te equivocas con mi aliento. No he fumado. Si fumo es que estoy soñando. Querías esto, ¿no? Mi aliento. Ya lo tienes.

ALGUIEN.— Espera... ¿Puedo darte un beso?

BERTA.— Adelante.

ALGUIEN.— Ella no se mueve. Arrimo la cintura al borde de la mesa que nos separa y que podría cortarme el estómago. No me importa. Estiro el cuello hasta llegar a su boca --- nuestras bocas se encuentran, las lenguas se entrelazan, ella cierra los ojos... Yo no. No los cierro. Nadie nos observa, pero nos sentimos observados. ¿Por quién? Es como si ella estuviera de pie, junto a la mesa, y observara la escena desde fuera.

BERTA.— ¿Qué haces?

ALGUIEN.— Besarte. Ya te lo he dicho.

BERTA.— No. ¿Qué haces ahora?

ALGUIEN.— He separado mi boca de la suya. No dejo de mirarla. Meto el pulgar y el índice dentro de la mía y saco...

BERTA.— ¿Qué es?

ALGUIEN.— Debe de haberme entrado a través de tu boca.

BERTA.— ¿Qué es?

ALGUIEN.— Lo sujeto con los dos dedos y se lo enseño.

BERTA.— ¿Un insecto?

ALGUIEN.— ¿Qué clase de insecto?

BERTA.— ¿Un escarabajo?

ALGUIEN.— ¿Te lo parece?

BERTA.— Una cucaracha. Sí... No sé... Diría... Lo parece, ¿no?

SANTI.— Entonces juntó todavía más los dedos con los que sujetaba aquel insecto. Un poco de líquido le manchó la punta de las uñas. Cuando parecía que iba a aplastarlo...

BERTA.— Déjalo.

SANTI.— Aquel escarabajo con alas —que quizá no lo era, vete a saber qué era— levantó el vuelo. Creo que se mantuvo un instante fugaz, hipnótico, suspendido en el aire, a la altura de nuestros ojos y en el centro de la separación que marcaba la mesa donde estábamos sentados. Pensé que agonizaba. Quizá revivía. No lo sé. Nuestras miradas se quedaron en este mismo punto hasta que el bicho cogió impulso y desapareció. Entonces nuestras miradas se encontraron de nuevo.

ALGUIEN.— ¿Cómo está?

SANTI.— ¿... Quién?

ALGUIEN.— Santi tiene el teléfono encima de la mesa. Vibra. Te llegan mensajes. ¿Cómo está? Los mensajes son suyos. De ella. De Berta. ¿Sabe que estás aquí conmigo? ¿No contestas?

BERTA.— Es imposible que eso haya salido de mi boca. Ahora vete. Esto del insecto me pone los pelos de punta. Por un momento me ha parecido como si estuviera de pie, junto a la mesa donde estabais sentados, y observara la escena sin que me vierais. ¿Te habló de mí?

SANTI.— Sí.

ALGUIEN.— ¿Cómo está?

SANTI.— ¿Quién?

ALGUIEN.— Ella... Tú estás... /

SANTI.— Espero que no me digas que estoy igual.

ALGUIEN.— No. No lo estás. Has cambiado. Desde que nos hemos encontrado, no has dejado de observarme. ¿Qué pasa?

SANTI.— Se arremangó la manga de la camisa hasta la altura del codo.

ALGUIEN.— ¿Es eso lo que quieres? ¿Quieres tocarme? ¿Qué pasa? ¿Te da vergüenza tocar mi piel en un bar donde solo hay camioneros?

SANTI.— Pasé mis dedos sobre su piel y se le erizaron los pelos del brazo.

BERTA.— ¿Por qué lo hiciste?

SANTI.— No lo sé. Fue él. Me ofreció el brazo.

ALGUIEN.— ¿Ya está?

SANTI.— Me dio un escalofrío y los aparté.

ALGUIEN.— ¿Qué pasa? ¿Cuánto hace que no nos veíamos?

SANTI.— No lo sé. Hace tiempo. Mucho tiempo.

ALGUIEN.— Por ti han pasado los años. Yo, la misma cara. La misma voz. La misma piel. Acabas de comprobarlo. Por mí no ha pasado el tiempo.

SANTI.— Sí... No ha pasado. Parecía irreal. Él y yo. Yo delante de él.

ALGUIEN.— ¿Cuánto tiempo ha pasado?

SANTI.— Dije... "No lo sé".

ALGUIEN.— ¿No lo sabes?

SANTI.— Sé perfectamente el tiempo que ha pasado. Más de veinte años. Yo soy un hombre de cuarenta y cuatro. Teníamos prácticamente la misma edad. Pero él, delante de mí, el mismo aspecto: la cara, la voz, la piel... Lo toqué. El cuerpo y la apariencia de cuando se fue del pueblo. ¿Cómo puede ser? ¿Me crees?

BERTA.— Tú dices que es verdad y yo te creo. ¿Por qué no iba a hacerlo? ¿Por qué ibas a engañarme?

ALGUIEN.— ¿Quieres que me desabroche la camisa, Berta?

BERTA.— Me habría costado reconocerte. Has envejecido. Para ti han pasado tantos años como para mí, pero en cambio parece que han sido el doble o incluso... ¿Qué te ha pasado? ¿Dónde estabas?

ALGUIEN.— Me he hecho un tatuaje en el pecho. ¿Quieres verlo?

BERTA.— Desabróchate la camisa. Enséñamelo.

SANTI.— Más desafiante que volver a tenerlo delante... Era su aspecto... Esa juventud imperturbable.

ALGUIEN.— Hubo un tiempo en que iba en moto. ¿Te acuerdas, Santi? Pasaba a recogerte por tu casa. Te montabas detrás. "Agárrate fuerte". Ponías tus manos en mi cintura. Parecía que te daba vergüenza. "Te digo que te agarres fuerte". Iba a toda velocidad, a veces un buen tramo por el carril contrario de la antigua carretera. Ahora todo el mundo va por la nueva. Ya no debe de circular nadie por aquella. ¿Todavía circula alguien? ¿Quién lo hace? ¿Por qué? Allí nos vimos por última vez. Conducías el coche de tu padre y te pedí que me dejaras allí. ¿Recuerdas qué fue lo último que me dijiste?

SANTI.— ¿Qué te dije?

ALGUIEN.— ¿Lo has olvidado?

SANTI.— No lo recuerdo.

ALGUIEN.— No puede ser que no lo recuerdes.

SANTI.— Grité tu nombre.

ALGUIEN.— Sabes que no me refiero a eso.

SANTI.— No sé qué quieres decir. Habla.

ALGUIEN.— Lo sabes.

SANTI.— ¿Me lo dices o no?

ALGUIEN.— No. No te lo diré. De jóvenes... Por aquella misma carretera, muchas veces, íbamos en moto a toda velocidad. No nos importaba que pudiéramos llevarnos a alguien por delante o que alguien pudiera venir de frente y embestirnos. Era excitante. Subíamos hasta la cima de la colina. Hoy hay chalés para pijos. Turistas. La gente de aquí —has dicho, lo has dicho, ¿verdad?—

ha tenido que irse a trabajar fuera. Antes, los chalés de los amos del pueblo. El pueblo tiene y ha tenido siempre amos. Ahora, cuatro pijos venidos de fuera para colonizarnos. Nuestro pueblo... Quedándose los mejores terrenos y las mejores casas para los cuatro días al año que pasan aquí. Y, mientras tanto, el pueblo agonizando. Lo habéis regalado. Siempre regalando lo mejor. A nosotros no nos gustaban los pijos. No lo somos. No lo éramos. No lo seremos nunca. En esto no has cambiado... ¿o sí? ¿Eres un pijo? ¿Lo deseas? ¿Lo has deseado? ¿Piensas que te has convertido en eso? No lo serás nunca por mucho que lo desees. Berta tampoco es una pija. También trabajaba en la fábrica. Ella sabe bien lo que quiere decir dejarse ocho horas —la vida, dejarse la vida— entre el... batir... violento... de los telares. Como nuestras madres. La hilatura hace tiempo que se fue a la mierda. Y ahora, ¿qué queda? Allí arriba... en la cima de la colina, quiero decir... abríamos unas cervezas. Soñábamos en voz alta. Cosas simples. De hijos de trabajadores. Según para quién... Si alguien nos hubiera escuchado... ridículas. Quizá. Nos reíamos. Creíamos que la felicidad era esto. ¿Todavía lo crees?

SANTI.— *(...)*

ALGUIEN.— Y podría serlo. La felicidad podría ser... ¿Eres feliz?

SANTI.— *(...)*

ALGUIEN.— Las manos te tiemblan. ¿Me dejas que ponga las mías encima?

SANTI.— *(...)*

ALGUIEN.— ¿Te da vergüenza que ponga mis manos encima de las tuyas en un bar donde solo hay camioneros?

SANTI.— *(...)*

ALGUIEN.— ¿Qué te pasa?

SANTI.— ¿Qué quieres...

BERTA.—... que me pase?

ALGUIEN.— ¿Tiemblas?

SANTI.— No...

BERTA.— No...

ALGUIEN.— ¿Lloras?

BERTA.— Me has dicho que lo harías.

SANTI.— Puedes hacerlo.

BERTA.— Desabróchate la camisa.

SANTI.— Pon tus manos encima de las mías.

BERTA.— Enséñamelo.

ALGUIEN.— A la vuelta, te dejaba conducir la moto. "¿La quieres llevar? Venga... Cógela". No ibas muy rápido. Debía de darte miedo. ¿Te daba miedo? ¿Qué te daba miedo? ¿Qué te da miedo? Parecía que el peligro era cosa mía. Como si me lo dejaras a mí. Como no corrías demasiado, no me agarraba y extendía los brazos. En alguna ocasión, ponía mis manos aquí arriba, a la altura de tus costillas. Me parecía sentir cómo resonaban los latidos de tu corazón y creía que aquello quería decir que eras feliz a mi lado. Y yo a tu lado. A veces, me acercaba a tu oído y te decía...

SANTI o quizá ALGUIEN.— "Acelera".

ALGUIEN.— Entonces, le dabas gas.

SANTI o quizá ALGUIEN.— "¿Por qué no aceleras más?".

ALGUIEN.— Cogías velocidad. Te embalabas.

SANTI o quizá ALGUIEN.— "¿No te gustaría que nos estrellásemos?".

Pausa.

ALGUIEN.— Creo que te acojonabas. Aflojabas. Yo fantaseaba con la idea de estrellarnos. Con el impacto. No el de nuestros cuerpos contra el asfalto o una roca. El impacto que tendría en el pueblo, cuando a primera hora alguien empezara a difundir *la desgracia* y se extendiera como la pólvora que habían encontrado la moto y nuestros cuerpos, jóvenes, bonitos, libres... reventados y desparramados en mil pedazos por la carretera. ¿Cómo fue la mañana después de que me fuera, cuando empezaron a difundir *la desgracia*? La otra desgracia. La de verdad. La que pasó. La del día en que me fui. Cuéntamelo. No escatimes ningún detalle. No sé si te acordarás de lo que te decía: tú y yo en la moto. En medio de tu intermitente *indeterminación*, de aquel acelerar y desacelerar, un día te dije:

ALGUIEN o quizá SANTI.— "¿Sabes que me gustaría hacer mañana? Me gustaría exterminar a todos los hombres del pueblo antes de que se despierten y sus mujeres hayan vuelto a casa de trabajar".

ALGUIEN.— Redujiste la velocidad.

ALGUIEN o quizá SANTI.— "Eso... o levantarme temprano e ir a otro pueblo a hacerme un tatuaje. Querría tatuarme un pájaro azul en el pecho, justo en el corazón... un pájaro azul que en sus alas lleve escrito 'Berta'. Cuando el corazón me lata fuerte parecerá que las alas se agiten y que un pájaro salga volando de mi pecho".

ALGUIEN.— Después de decirte esto volviste a acelerar. Creo que yo estaba excitado. Debías de notarlo. ¿Lo notaste? Creo que tú también lo estabas. ¿Lo estabas? ¿Y ahora? ¿Lo estás? ¿Te acuerdas?

SANTI.— No...

ALGUIEN.— ¿No?

SANTI.— No.

ALGUIEN.— Me ha parecido, mientras te lo contaba, que sí. Que recordabas con exactitud cada una de las palabras. Que pasaban por tu cabeza, casi por tus labios, antes de que yo las dijera.

SANTI.— Pues no.

ALGUIEN.— Entonces, ¿qué...

BERTA.— Lo miro después de tanto tiempo...

ALGUIEN.— ¿Te gusta?

BERTA.— El pecho de un viejo. No pensaba que tú...

ALGUIEN.— ¿Qué?

BERTA.— Envejecerías. Como yo. Como los demás. Como todo el mundo.

ALGUIEN.— Me ves así, viejo, y piensas que quizá no te has dado cuenta de que tú también has envejecido más de lo que creías.

BERTA.— Tu desaparición te hacía eternamente joven. Tu regreso evidencia el paso del tiempo. El mal en todos nosotros.

ALGUIEN.— El tatuaje...

BERTA.— ¿Puedo tocarlo?

ALGUIEN.— Claro.

BERTA.— Parece que vaya a salir volando.

ALGUIEN.— Ahora... Aquí... Contigo... A mi lado... El corazón me late muy fuerte.

BERTA.— Lo noto.

ALGUIEN.— ¿Qué te pasa?

BERTA.— Creo que voy a llorar.

ALGUIEN.— ¿Por qué?

BERTA.— (...)

ALGUIEN.— (...)

BERTA.— (...)

ALGUIEN.— ¿Qué pasa? Eh...

BERTA.— El latido tan feroz...

ALGUIEN.— ¿Por qué apartas la mano?

BERTA.— Tengo miedo...

ALGUIEN.— ¿De qué?

BERTA.— ... de que me estalle en la palma de la mano y me la manche para siempre.

ALGUIEN.— ¿Nunca te lo ha mencionado, Santi?

BERTA.— ¿El qué?

ALGUIEN.— El tatuaje.

BERTA.— No.

ALGUIEN.— Un día le dije que me lo haría. También que quería que en las alas llevase escrito tu nombre.

BERTA.— ¿Eso hiciste?

ALGUIEN.— Íbamos en moto. Éramos jóvenes.

BERTA.— No me lo ha contado nunca.

ALGUIEN.— ¿Le has hablado de nosotros?

BERTA.— Sí.

ALGUIEN.— ¿Sí?

BERTA.— Sí. Claro.

ALGUIEN.— No me lo esperaba.

BERTA.— No. No le he hablado de nosotros.

ALGUIEN.— ¿Nunca?

BERTA.— Nunca.

ALGUIEN.— Ya... ¿Lo harás?

BERTA.— ¿Tendría que hacerlo?

ALGUIEN.— El día... Yo solo era un niño...

BERTA.— ¿Qué día?

ALGUIEN.— Los hombres del pueblo te llevaban a hombros y, con sus brazos, lanzaban tu cuerpo al aire mientras coreaban tu nombre...

ALGUIEN o quizá SANTI, o incluso, quizá, BERTA.— "Berta... Berta... Berta...".

ALGUIEN.— Tu melena como una sábana al viento... Aquel día, a pesar de que solo era un crío, supe que te deseaba.

BERTA.— Es bonito eso que dices.

ALGUIEN.— ¿Te lo parece?

BERTA.— Mucho.

ALGUIEN.— Acerqué mi boca al oído de Santi y le susurré: "Quiero una mujer así".

BERTA.— ¿Eso hiciste?

ALGUIEN.— Así que no lo recuerdas. ¿Tampoco si estabas excitado?

SANTI.— No. No lo recuerdo.

ALGUIEN.— ¿No...?

SANTI.— Seguro.

ALGUIEN.— Por cómo reaccionaste...

SANTI.— ¿Cómo reaccioné?

ALGUIEN.— Primero, reduciendo la velocidad. Después, acelerando...

SANTI.— Te refieres a eso...

ALGUIEN.— ¿A qué iba a ser?

SANTI.— (...)

ALGUIEN.— Interpreté que querías que siguiera vivo para poder exterminar a los hombres de este pueblo... pero, a la vez, que nos estrelláramos para que no me tatuara un pájaro azul sobre el pecho, que en las alas /

SANTI.— ¿Por qué su nombre?

ALGUIEN.— ¿Era eso lo que querías?

SANTI.— (...)

ALGUIEN.— Ahora, cuando lo piensas, ¿crees que tendríamos que habernos estampado contra una roca?

Pausa.

SANTI.— No sé de qué me hablas. No recuerdo nada.

BERTA.— ¿Te vio alguien? Con él...

SANTI.— No...

BERTA.— Ya sabes...

SANTI.— (...)

BERTA.— ... aquí...

SANTI.— *(...)*

BERTA.— ... nadie entendería...

SANTI.— Tendríamos que habernos estrellado.

Pausa.

BERTA.— ¿Qué quieres decir?

SANTI.— Nada.

BERTA.— ¿Estrellado, quién?

SANTI.— *(...)*

BERTA.— "Nos tendríamos". Lo has dicho.

SANTI.— Cogía la moto, de joven. A veces íbamos juntos. Se tendría que haber estrellado. Quizá yo con él.

ALGUIEN.— ¿Por qué has quedado conmigo?

SANTI.— Me llamaste. Me dijiste que querías verme. Fuiste mi amigo. Fuimos amigos. ¿Por qué no iba a querer encontrarme con quien fue mi amigo?

ALGUIEN.— ¿Ya no lo somos? Amigos, quiero decir.

SANTI.— Hace muchos años que no nos vemos. Ha pasado mucho tiempo... Demasiadas cosas.

ALGUIEN.— Cuando hablas de mí /

SANTI.— Evito hablar de ti. Nadie suele hablar de ti. Nadie quiere hablar de ti.

BERTA.— Tendríamos que dejar de hablar de él. Tendríamos que haberlo desterrado de nuestras vidas.

ALGUIEN.— En el caso de que lo hicieses...

SANTI.— No lo hago.

ALGUIEN.— ¿Cómo me llamarías?

SANTI.— *(...)*

ALGUIEN.— ¿El Monstruo? ¿Mi amigo? ¿Crees que la amistad es el vínculo más noble?

SANTI.— *(...)*

ALGUIEN.— *(...)*

SANTI.— *(...)*

ALGUIEN.— *(...)*

SANTI.— *(...)*

ALGUIEN.— Lo decías /

SANTI o quizá ALGUIEN.— "La amistad es el vínculo más noble".

ALGUIEN.— ¿Es noble ser mi amigo?

SANTI.— *(...)*

ALGUIEN.— Tu padre...

SANTI.— ¿Mi padre, qué?

ALGUIEN.— ¿Cómo está?

SANTI.— ¿Por qué me hablas de mi padre?

ALGUIEN.— Todavía vives con él.

SANTI.— ¿Cómo lo sabes?

ALGUIEN.— Entre tu casa, con tu padre, y la casa de Berta... ¿no?

SANTI.— Sí.

ALGUIEN.— Él no trabajaba allí, ¿o sí?

SANTI.— ¿Dónde?

ALGUIEN.— En la fábrica.

SANTI.— Tenía su trabajo, pero hacía horas en la fábrica.

ALGUIEN.— Eso, horas... ¿Lo echa en falta? El trabajo. Hacer horas en la fábrica.

SANTI.— Se ha resignado.

ALGUIEN.— Decías que no sabía hacer otra cosa que trabajar.

SANTI.— Se jubiló. Ya no piensa en ello.

ALGUIEN.— ¿No? Has dicho que se ha resignado.

SANTI.— Está bien así.

ALGUIEN.— Nostalgia. De eso hablo. Su trabajo, sí. Hacer unas horas. Como otros hombres del pueblo. En la fábrica. Ya sabes. Eso de que hayan transformado la fábrica --- ¿Te llevas bien con él, ahora?

SANTI.— ¿Ahora? ¿Qué quieres decir?

ALGUIEN.— ¿Sigue siendo un hombre violento?

SANTI.— Violento... ¿De dónde has sacado eso?

ALGUIEN.— Decías...

SANTI o quizá ALGUIEN.— "Mi padre es un hombre violento. Cualquier día me escaparé de casa".

ALGUIEN.— Lo decías.

SANTI.— ¿Se supone que decía eso? No. Y dale. También te lo inventas.

ALGUIEN.— No me lo invento.

SANTI.— Te confundes y me quieres confundir. Como lo de presentarte aquí, con este aspecto. Mi padre no es violento. No lo ha sido nunca.

ALGUIEN.— ¿Recuerdas lo que me dijiste antes de verme por última vez?

SANTI.— No, no lo recuerdo.

ALGUIEN.— Antes de que me perdiese en la oscuridad y gritases mi nombre.

SANTI.— Quizá decía que tenía carácter. Siempre lo ha tenido. Ahora es un hombre viejo. Se vale por sí mismo, pero me necesita.

ALGUIEN.— Carácter... ¿Tú lo necesitas?

Pausa.

SANTI.— Es mi padre. Me necesita. Yo, soy su hijo.

ALGUIEN.— Ah... Es eso...

SANTI o quizá ALGUIEN.— "Por suerte mi madre murió pronto. Tuvo mala suerte en la vida. Sufrió. Habría sufrido aún más junto a mi padre".

ALGUIEN.— "Suerte".

SANTI.— ¿También se supone que lo dije yo?

ALGUIEN.— Una madrugada, tu padre la encontró deambulando por una carretera. Decían.

SANTI o quizá ALGUIEN.— Como quien encuentra a un perro perdido y lo recoge.

ALGUIEN.— Contaban.

SANTI o quizá ALGUIEN.— La llevó al pueblo. Así llegó.

ALGUIEN.— Fue así como pasó, ¿no?

SANTI o quizá ALGUIEN.— La encadenó a él y a la fábrica, donde le encontró un trabajo. Le hizo un hijo.

ALGUIEN.— Tú.

SANTI.— *(...)*

ALGUIEN.— Éramos niños. Me lo contaste tú. A tu madre la llamaban "la Recogida". Lo murmuraban a vuestra espalda. Tampoco era ningún secreto. Él, tu padre, también la llamaba así. ¿Sabes que la llamaban "la Recogida"? --- Claro que lo sabes --- Tú me lo dijiste --- Todo el mundo lo sabía. Lo decía delante de vosotros.

ALGUIEN o quizá SANTI.— "Los hombres del pueblo les ponen este tipo de nombres: la Recogida, la Extraña, la Extranjera, la Mema, la Tullida, la Fresca, la Bizca... No ha hecho nada que no haya visto hacer antes a los demás: recoger a una mujer; dejar que el pueblo le ponga un mote despectivo; encontrarle un trabajo en la fábrica, si es que no la han sacado de allí, donde se dejan la vida para ganarse un jornal, y acabar de encadenarla para siempre con uno o más hijos. Algunos hombres las tratan peor que a un animal".

Pausa.

SANTI.— Estas palabras no han salido de mi boca.

ALGUIEN.— Claro que sí.

SANTI.— Nunca.

ALGUIEN.— También que odiabas este lugar. ¿Todavía lo odias?

SANTI.— Siempre me ha gustado este sitio.

ALGUIEN.— Mi padre no era diferente al tuyo. Ya lo sabes. Quizá peor, incluso. Tampoco a los otros hombres. Eran amigos, tu padre y el mío. Como tú y yo. Todos los hombres de este pueblo son amigos, aunque desconfíen los unos de los otros. Sobre todo cuando hay mujeres de por medio. Mi madre era como la tuya. También como las otras madres. Tu madre murió joven.

SANTI.— ¿Por qué te ríes, hijo de puta? ¿Por qué te has reído?

ALGUIEN.— Muerta...

SANTI.— ¡No lo repitas! Sí, muerta. ¿De qué te ríes? ¡Para!

ALGUIEN.— La mía... lo decidió. Lo sabes. Lo sabe todo el mundo. Muerte natural. Dijeron. Pero no. Tú y yo éramos iguales. Nuestros padres. Nuestras madres. Por eso nos hicimos amigos. ¿Aún lo somos?

SANTI.— Tú y yo no somos iguales.

ALGUIEN.— Él decía que la había salvado y ella, en algún momento, debió de pensar que había tenido suerte. Que había encontrado a alguien, un lugar donde refugiarse.

SANTI.— ¿De quién hablas?

ALGUIEN.— ¿Tuvo suerte? Tú, en cambio, decías que por suerte murió joven. Suerte, ¿verdad? Que tú, a la mínima que pudieses...

SANTI o quizá ALGUIEN.— "Me escaparé. Muchas noches me acerco a la habitación de mi padre. Duerme. Lo observo desde la puerta. Antes de escaparme, entraré en su habitación, a oscuras, y cogeré la escopeta que tiene detrás de la puerta".

ALGUIEN.— Todos los hombres del pueblo tienen una escopeta detrás de la puerta de la habitación. Pocos cazan. Para defenderse, por si alguien entra en su casa. Vivir con un padre que tiene una escopeta detrás de la puerta de la habitación. Tú y yo sabemos lo que significa eso. Todos los niños lo sabíamos. Todas las familias lo saben.

SANTI o quizá ALGUIEN.— "Quizá con mis propias manos".

ALGUIEN.— Eso dijiste.

SANTI.— No...

ALGUIEN.— ¿Cómo que no?

SANTI o quizá ALGUIEN.— "No. Con mis propias manos, no. La escopeta. Mejor. Ojalá en el último instante antes de reventarle la cabeza, abra los ojos y vea a su hijo, iluminado por la claridad que se cuela por la ventana, apuntándolo /

ALGUIEN.— ... que esta...

SANTI o quizá ALGUIEN.— ... papá... /

ALGUIEN.— sea la última imagen que te lleves de camino al infierno".

SANTI.— Eres...

ALGUIEN.— ¿Qué?

SANTI.— Monstruoso.

ALGUIEN.— ¡¿Monstruoso?!

SANTI.— ¿Te hace gracia? --- Yo nunca he dicho —diría— algo /

ALGUIEN.— Te has quedado. Hablas bien de él. Dices que te necesita. ¿Por qué no has escapado de él?

SANTI.— (...)

ALGUIEN.— ¿No has sabido nunca nada más?

SANTI.— ¿De quién?

ALGUIEN.— De tu madre.

SANTI.— Está muerta.

ALGUIEN.— Me dijiste que se había ido.

SANTI.— Te lo inventas. Todo. Otra vez.

ALGUIEN.— No.

SANTI.— No sé de qué me hablas...

ALGUIEN.— ¿No has vuelto a saber nada de ella?

SANTI.— Quizá dije que me habría gustado que se fuera antes de perderla para siempre. Un niño puede decir que su madre se ha ido porque no lo acepta. Un niño nunca acepta la muerte de su madre. Tampoco un hombre, por mayor que sea.

ALGUIEN.— Dijiste...

SANTI.— ¡Deja de decir cosas que no han salido nunca de esta boca!

ALGUIEN.— Lo dijiste.

SANTI o quizá ALGUIEN.— "No está muerta. Se fue".

ALGUIEN.— Dijiste:

ALGUIEN o quizá SANTI.— "Guárdame el secreto".

SANTI.— Mientes. Quieres confundirme. Otra vez.

ALGUIEN.— Pasó.

SANTI.— ¿Cuándo?

ALGUIEN.— En el pasado.

SANTI.— ¡¿Qué pasado?!

ALGUIEN.— El nuestro. Cuando éramos amigos. Incondicionalmente. Un ideal de amistad. Una amistad noble. Cuando decíamos, creíamos y presumíamos de ser, prácticamente, la misma persona. Tú y yo en nuestro /

SANTI.— ¿Nuestro? ¿De qué pasado hablas?

ALGUIEN.— De lo que pasó. De lo que me dijiste que pasó.

SANTI.— El pasado es lo que recuerdas, lo que imaginas que recuerdas, lo que te convences de que recuerdas o lo que finges recordar. Lo que pretendes hacerme creer y recordar. Tu pasado. No el mío.

ALGUIEN.— Pasó.

SANTI.— ¡Nunca! Eso no pasó nunca. Nunca pasó nada. ¡No pasó ni siquiera cuando estaba pasando!

ALGUIEN.— ¿Hablas mucho con tu padre? *(Pausa)* Di... ¿Habláis?

SANTI.— Vivo con él.

ALGUIEN.— ¿Habláis mucho?

SANTI.— Siempre ha sido un hombre de pocas palabras.

ALGUIEN.— No te pregunto si es de muchas o pocas palabras.

SANTI.— Es difícil hablar con un hombre de pocas palabras.

ALGUIEN.— ¿Habláis de tu madre?

SANTI.— ¡Quieres hacer el favor de callar!

Pausa.

ALGUIEN.— Santi levanta la voz algo más de la cuenta. Algunos hombres de las otras mesas lo observan, pero no le prestan demasiada atención. Aquí, que un hombre grite tampoco sorprende a nadie. De todo lo de su padre y su madre, Santi tampoco ha hablado con Berta. No suele hablar de ello. ¿Por qué, Santi? ¿No se lo vas a contar? Berta...

BERTA.— ¿Yo qué?

ALGUIEN.— ¿Cómo está?

SANTI.— Ya te lo he dicho. Bien.

ALGUIEN.— *(Coreando para sí)* Berta... Berta... Berta...

SANTI.— ¿Qué haces?

BERTA.— ¿Por qué coreas mi nombre?

ALGUIEN.— Berta es preciosa. Antes y ahora. Han pasado los años, pero mantiene esa... belleza... hipnótica. No... hipnótica, no. Devastadora.

BERTA.— Devastadora...

SANTI.— *(...)*

BERTA.— ¿Utilizó esa palabra?

SANTI.— Sí... ¿De qué te ríes?

BERTA.— ¿Qué quería decir?

SANTI.— Enredar. Enredarnos. Eso quiere.

BERTA.— No me río. ¿Por qué iba a reírme? No. No me he reído.

ALGUIEN.— En la fábrica, los últimos días de primavera elegían a la chica más bonita. ¿Lo recuerdas?

SANTI.— Claro que lo recuerdo...

ALGUIEN.— Los chicos, jóvenes, vigorosos, cargaban a la elegida a hombros, se juntaban y, con sus brazos fornidos, la lanzaban a lo alto vitoreando su nombre mientras ella se reía y sus cabellos largos —las elegidas siempre tenían largas melenas— hacían movimientos ondulantes como los de una sábana al viento... Berta... *(Pausa)* ¿Te parecía bonita?

SANTI.— ¿El qué?

ALGUIEN.— Esta celebración.

SANTI.— *(...)*

ALGUIEN.— Decían que no había cosa más bonita. Sacaban de la fábrica a la elegida y en la calle se iban juntando todos —o prácticamente todos— los hombres del pueblo. De todas las edades. También nuestros padres. ¿El tuyo también estaba? Claro que lo recuerdas. Estaba. Berta... Llevada a hombros y levantada por los brazos de todos los hombres. La elegida. Éramos niños. Críos. Lo observábamos. ¿Te acuerdas? Claro que lo recuerdas.

ALGUIEN o quizá SANTI.— "Quiero una mujer así".

ALGUIEN.— Te lo dije al oído. ¿Ya te habías fijado en ella o fui yo quien hice que te fijaras? ¿Te habrías fijado si no te lo hubiera dicho? ¿Si no la hubieran escogido?

SANTI.— (...)

ALGUIEN.— Cargaban a la elegida y la podían mantener así durante horas, sujeta, en movimiento, elevada y sin tocar el suelo, mientras la sacaban de la fábrica y la paseaban por todas las calles y los rincones del pueblo y hasta más allá, adonde llegaran, al campo o al bosque. Hasta no poder más. Hasta perder el conocimiento. La elegida, o los hombres. El reto, tenerla el máximo tiempo sin tocar el suelo, hasta que se quedaran sin fuerzas.

BERTA.— Solo eras un niño. Yo, una mujer adulta. Me deseaste.

ALGUIEN.— El deseo de todos aquellos hombres, vibrante y ruidoso, como un telar, me excitó. ¿Ya te habías fijado en ella o fui yo quien lo provocó?

SANTI.— Tú. De niño. De mayor, el que te quisieses tatuar un pájaro en el pecho.

ALGUIEN.— Ya se había hecho de noche. Seguía oyéndose el rumor de los hombres coreando tu nombre.

ALGUIEN o quizá SANTI.— "Berta... Berta... Berta...".

ALGUIEN.— Yo estaba en la calle. Solo. En el pueblo a nadie le preocupaba un niño solo a altas horas de la noche. Era muy tarde. Volvías a casa. Casi no te tenías en pie. La ropa y el pelo deshechos. Los brazos y las piernas llenos de moratones. En el labio, un hilo de sangre. Me acerqué a ti. Te llegaba a la cintura.

ALGUIEN o quizá SANTI.— Eres la chica más bonita del pueblo.

BERTA.— ¿Qué haces a estas horas aquí, tú solo?

ALGUIEN.— Juego. La voz te temblaba.

BERTA.— Tendrías que estar en casa.

ALGUIEN.— ¿Qué te han hecho?

BERTA.— Me han escogido.

ALGUIEN.— ¿Estás contenta?

BERTA.— Soy la elegida.

ALGUIEN.— ¿Hasta dónde te han llevado?

BERTA.— No lo sé...

ALGUIEN.— ¿No lo sabes?

BERTA.— Lejos.

ALGUIEN.— ¿Muy lejos?

BERTA.— Bosque adentro.

ALGUIEN.— Hace rato que he oído a los hombres volver...

BERTA.— ¿Hace mucho?

ALGUIEN.— ¿Cuánto tiempo te han tenido sin tocar el suelo?

BERTA.— Hasta no poder más.

ALGUIEN.— Querría... Entonces te agachaste, a mi altura de niño...

BERTA.— ¿Qué quieres?

ALGUIEN.— Te besé en los labios. Pegué mi boca a la tuya como un vampiro, y chupé el hilo de sangre que tenías.

BERTA.— ¿Qué haces? ¿Por qué lo has hecho? Vete a tu casa.

ALGUIEN.— No hay nadie en casa. ¿Mi padre estaba también en el bosque?

BERTA.— Estaban todos los hombres del pueblo.

ALGUIEN.— ¿Ha conseguido ser una mujer feliz?

SANTI.— ¿Qué quieres decir?

ALGUIEN.— ¿Lo has conseguido?

BERTA.— Sí.

ALGUIEN.— Berta se merecería ser feliz.

SANTI.— Se lo merece.

ALGUIEN.— Te lo mereces. Entonces, ¿lo has conseguido?

BERTA.— Tengo un hijo... A Santi... La casa... Ahora también un trabajo que... ¿Se puede saber de qué te ríes?

ALGUIEN.— De que te hable de la felicidad y enumeres lo que tienes. Lo que piensas que has conseguido. Lo que tiene o aspira a tener todo el mundo en este pueblo.

BERTA.— Tenerte lejos. Eso nos haría felices.

ALGUIEN.— *(...)*

BERTA.— ¿Te hace gracia...? *(Pausa)* También te diré que tenemos algo que no tiene nadie más...

ALGUIEN.— ¿Sí? ¿Qué?

BERTA.— Un zorro.

ALGUIEN.— *(...)*

BERTA.— Lo recogió Santi en la antigua carretera. Lo hemos hecho pasar por un perro. Como si lo hubiésemos disfrazado. Le pusimos un collar. Con eso fue suficiente. Es de risa. La gente de este pueblo... es tan estúpida... No hemos tenido que hacer grandes esfuerzos. Todo el mundo se lo ha creído. Incluso, quizá, nos lo hemos llegado a creer nosotros. A veces...

ALGUIEN.— ¿Qué?

BERTA.— Por la noche... quizá sonámbula, o perfectamente consciente, me levanto de la cama y lo voy a buscar. Me espera. Meto la mano dentro de un jarrón. Cojo un paquete de cigarrillos y un mechero que están escondidos en el fondo. Después le quito el collar y abro la puerta que da a la calle. Sale. Yo, desde la entrada, me fumo un cigarrillo. Soy yo, pero no del todo. Otra. Si fumo, señal de que... Sí, ¿verdad? Debo de estar soñando. Veo cómo desaparece en la oscuridad. Su figura casi se ha difuminado pero aún puedo verlo. Saltando a otros patios e, incluso, colándose en el interior de algunas casas. Yo, antes de que salga, me acerco a su oído. Lo animo. Instrucciones precisas. En algunas casas aparecen gallinas muertas. También otros animales domésticos. Algunos, malheridos. Seguramente intentan defenderse. Me gustaría asistir a esa batalla. Por la mañana, todos lo comentan. Se lamentan. Dicen que hay un zorro que debe de haber perdido el miedo a entrar en el pueblo. Algunos han reforzado las vallas del jardín. Ya pueden ir poniendo trampas y obstáculos. Yo seguiré abriéndole la puerta. Le hablaré al oído. Volverá a hacerlo. Yo, cuando se ha perdido en la oscuridad, sin soltar su collar, vuelvo a la habitación, me pongo encima de Santi y me muevo. Me gusta notar cómo su cuerpo medio adormilado se despierta dentro del mío. Se excita mucho, acaba rápido y vuelve a dormirse. Por la mañana me comporto con una naturalidad que lo desconcierta. Incluso yo me desconcierto a mí misma. También me desconcierta nuestro zorro, que se comporta como un perro. Me gusta que dude, que no tenga claro si hemos hecho el amor o lo ha soñado. Yo no le digo nada. A menudo, cuando él descarga, este zorro, que hemos hecho pasar por un perro, entra de nuevo. Yo le he dejado la puerta entornada. Sabe lo que tiene que hacer. La empuja con el morro para entrar y, después, la cierra. Sube a la habitación, se lanza encima de la cama y nos lame la piel... el sudor... también... Alguna mañana me he encontrado la piel manchada. Eso quiere decir que cuando llegó, la sangre de sus presas todavía latía caliente en su boca... Yo, medio adormilada, le vuelvo a poner el collar. No ofrece resistencia. En casa, cuando vienen visitas, nadie sospecha nada. Tiene esta expresión indómita, de animal salvaje y cruzado, pero es manso y dócil. Una vez... atacó / intentó morder al hijo de una visita. Una de esas criaturas insoportables --- Los hijos, pobrecitos, no tienen ninguna culpa, son como sus padres. Después de hacerlo, se lanzó tembloroso a mis brazos. Yo me mostré perpleja por aquel gesto violento, impropio, inesperado, de nuestro *perro*. "Debe de haberse asustado. No lo hace nunca. ¿Le has hecho algo que pueda haberle molestado o puesto nervioso?", le pregunté a aquel crío espantoso mientras acariciaba a nuestro zorro disfrazado de perro, que supo, por cómo lo tocaba, que me sentía orgullosa.

ALGUIEN.— Adrià...

SANTI.— ¿Qué pasa con Adrià?

BERTA.— ¿Cómo sabes su nombre?

ALGUIEN.— Ya es un chico mayor.

SANTI.— Sí...

BERTA.— ¿Cuándo lo has visto?

ALGUIEN.— Me gustaría verlo. /

BERTA.— No te acerques a él. ¿Por qué te ríes? ¿Qué quería saber de Adrià?

ALGUIEN.— ¿Se parece a Berta?

SANTI.— En los gestos. En cómo se mueve. Incluso en cómo habla. Se le parece. Es muy como ella.

ALGUIEN.— ¿Y a ti?

SANTI.— A mí, ¿qué?

ALGUIEN.— ¿Se te parece?

SANTI.— Es hijo de Berta. Adrià no es hijo mío.

ALGUIEN.— Ya sé que no es hijo tuyo, pero... ¿se te parece?

SANTI.— Demasiado.

ALGUIEN.— (...)

SANTI.— Sí. Creo que se me parece. Se me parece mucho. De hecho, creo que se parece más a mí que a Berta.

ALGUIEN.— ¿Te gusta que se parezca a ti?

SANTI.— No.

ALGUIEN.— ¿Por qué?

SANTI.— Me aterra.

BERTA.— No es hijo tuyo.

ALGUIEN.— ¿Por qué me dices que no es hijo mío?

BERTA.— Por si lo pensabas.

ALGUIEN.— Podría ser... pero no. Nunca lo he pensado. Sé que no es hijo mío. ¿Qué te asusta?

SANTI.— Que se parezca a mí. A mi padre. A tu padre. Al encargado de la fábrica. Que se parezca a cualquiera y a todos los hombres de este pueblo.

BERTA.— Un turista. Creo. Quizá... nórdico. O del este. Tampoco lo recuerdo. Incluso se me ha borrado la cara. Era un chico muy guapo, de eso sí que me acuerdo. Como un animal salvaje. Yo iba en coche. Él hacía autostop. Lo subí. Fue así cómo pasó.

ALGUIEN.— No deberías subir a un desconocido a tu coche. Tampoco tendrías que subir al coche de un desconocido. ¿Sigue habiendo mucha gente haciendo autostop por estas carreteras? ¿Sigues haciendo autostop?

BERTA.— Ya no. Normalmente, jóvenes. Todavía no tienen carné. Van de un pueblo a otro haciendo dedo. Para escapar del suyo. Supongo. De fiesta. Para trabajar. No me da miedo subir a alguien. Aquí nos conocemos todos.

ALGUIEN.— Has dicho un turista.

BERTA.— Un turista, sí.

ALGUIEN.— No era alguien del pueblo. De la comarca.

BERTA.— No.

ALGUIEN.— ¿Seguro?

BERTA.— (...)

ALGUIEN.— (...)

BERTA.— (...)

ALGUIEN.— (...)

BERTA.— (...)

ALGUIEN.— ¿Atractivo?

BERTA.— Atractivo, sí.

ALGUIEN.— ¿Más joven que tú?

BERTA.— Yo debía de tener treinta y pocos. Él rondaba los veinte.

ALGUIEN.— Has dicho que no recordabas... ¿Te lo inventas?

BERTA.— ¿Por qué tendría que hacerlo? Podrías haber sido tú, pero no. Podría haber sido cualquiera del pueblo. De la comarca. Tampoco. Un turista. Alguien de fuera. Un desconocido.

ALGUIEN.— Un turista.

BERTA.— ¿Por qué te ríes, hijo de la grandísima /

ALGUIEN.— ¿Cuánto hace que estás con Berta?

SANTI.— Cinco años.

ALGUIEN.— ¿Solo?

SANTI.— Sí. Solo cinco años.

ALGUIEN.— Ella en su casa, con Adrià. Tú, con tu padre.

SANTI.— Muchos días duermo en su casa. Fines de semana. También días de semana. Cada uno en su casa, pero como si viviésemos juntos.

ALGUIEN.— ¿En el pueblo lo saben?

SANTI.— No lo vamos pregonando. Tampoco lo ocultamos.

ALGUIEN.— En el pueblo siempre la trataron como /

SANTI.— ¿Cómo qué?

ALGUIEN.— Cuando fue la elegida... Tu padre también debió de llevarla --- El mío también --- Cuando muera tu padre —¿qué edad tiene ahora tu padre?—, ¿te decidirás de una vez?

SANTI.— ¿Cómo la trataron?

ALGUIEN.— ¿No lo sabes? ¿Qué piensa él?

SANTI.— A él... le gusta Berta.

ALGUIEN.— ¿Y Adrià? ¿Es cariñoso con él?

SANTI.— *(...)*

ALGUIEN.— *(...)*

SANTI.— *(...)*

ALGUIEN.— *(...)*

SANTI.— *(...)*

ALGUIEN.— Las noches que no duermes en tu casa, ¿adónde le dices a tu padre que vas?

SANTI.— Mi padre no me pregunta /

ALGUIEN.— ¿Lo sabe? A ella...

SANTI.— ¿Qué?

ALGUIEN.— ¿... la respetaría? --- ¿Está bien de salud?

SANTI.— ¿Respetar? --- ¿Qué quieres decir, con respetar?

ALGUIEN.— Tu padre, de salud.

SANTI.— Viejo, pero fuerte como un roble.

ALGUIEN.— Tú...

SANTI.— "Respetar", ¿qué querías decir?

BERTA.— ¿Yo?

SANTI.— ¿Yo, qué?

ALGUIEN.— ¿Os veréis hoy?

SANTI.— Después...

BERTA.— Cenaremos juntos.

ALGUIEN.— ¿Dónde?

BERTA.— En casa.

ALGUIEN.— ¿De quién?

SANTI.— En la suya.

ALGUIEN.— ¿Sabe que /

SANTI.— Berta y yo...

BERTA.— Nos lo contamos todo.

SANTI.— ... lo sabemos todo el uno del otro.

ALGUIEN.— ¿Todo?

SANTI.— Sí.

BERTA.— Sí.

ALGUIEN.— ¿También que ahora estamos aquí? Tú y yo. No has
   cogido el teléfono, Santi. Era ella. Berta... Me has dicho que no
   le habías contado que estabas conmigo.

SANTI.— *(...)*

BERTA.— *(...)*

ALGUIEN.— ¿Se lo contarás o no?

SANTI.— *(...)*

BERTA.— *(...)*

ALGUIEN.— ¿Hoy dormiréis juntos?

SANTI.— Sí.

BERTA.— Dormiremos juntos.

ALGUIEN.— ¿Haréis el amor?

SANTI.— *(...)*

BERTA.— *(...)*

ALGUIEN.— Esta noche, cuando vuelvas a casa, después de habernos encontrado tú y yo, después de cenar tú y ella, ¿haréis el amor?

SANTI.— Sí. Haremos el amor.

BERTA.— ¿Por qué se lo dijiste?

SANTI.— *(...)*

BERTA.— ¿Pensabas que lo haríamos?

SANTI.— No.

BERTA.— Por suerte no pasó.

SANTI.— ¿Por qué dices "por suerte"?

BERTA.— Creo que ahora, sabiendo que te encontraste con él, la simple posibilidad de haberte tenido dentro de mí me provoca un asco terrible. Si hubiese pasado, a pesar de no saberlo, creo que mi cuerpo te habría expulsado intuitivamente.

SANTI.— *(...)*

BERTA.— *(...)*

SANTI.— ¿Lo dices de verdad?

BERTA.— No.

SANTI.— ¿Por qué lo has dicho?

BERTA.— ¿Tenías ganas?

SANTI.— ¿Haremos el amor hoy?

BERTA.— ¿Quieres?

ALGUIEN.— ¿Pensáis en mí cuando... /

BERTA.— Pensar...

SANTI.— ¿Cuando qué?

ALGUIEN.— ... cuando hacéis el amor?

SANTI.— No.

BERTA.— ¿Por qué íbamos a pensar en ti?

Pausa.

SANTI.— Sí. Sí que pienso en ti.

ALGUIEN.— Piensas en mí.

BERTA.— Mucho.

ALGUIEN.— Explícamelo.

SANTI.— A veces, cuando hacemos el amor, nuestro perro, un perro salvaje recogido en la carretera, está en la puerta de la habitación.

BERTA.— Desde la cama, distingo en la oscuridad los ojos de nuestro zorro.

SANTI.— Nos observa.

BERTA.— Lo miro.

SANTI.— Embisto con fuerza el cuerpo de Berta.

BERTA.— Me muevo sin dejar de mirarlo.

SANTI.— Me gusta sentirme observado.

BERTA.— Se acerca a la cama.

SANTI.— Da un salto.

BERTA.— Se sube a nuestro lado.

SANTI.— Embisto todavía con más fuerza.

BERTA.— Mis movimientos son más salvajes.

SANTI.— Se arrima a nuestros cuerpos.

BERTA.— Casi podemos notar su aliento...

SANTI.— Cómo nos observa aún más de cerca...

BERTA.— Su cuerpo restregándose contra nosotros...

SANTI.— Casi fundiéndose con nosotros.

BERTA.— Incluso...

ALGUIEN.— ¿Qué?

BERTA.— Nos enseña los dientes.

SANTI.— Parece que quiere atacarnos.

BERTA.— Nos contagia algo salvaje...

SANTI.— Me excita.

BERTA.— Nosotros...

SANTI.— Como si no fuésemos nosotros.

BERTA.— Como dos animales.

SANTI.— Cada vez más violentos. Yo...

BERTA.— Él. Pero también yo.

SANTI.— Ella también. A veces, incluso más que yo.

BERTA.— No lo reconozco.

SANTI.— No me reconozco.

BERTA.— Como si quisiese...

ALGUIEN.— ¿Qué?

BERTA.— Compararse...

ALGUIEN.— ¿Compararse?

BERTA.— Sí, compararse...

ALGUIEN.— ¿Con quién?

BERTA.— No lo sé.

ALGUIEN.— ¿No lo sabes?

SANTI.— Me asusto.

BERTA.— Lo pierdo.

SANTI.— Se me escapa.

BERTA.— De golpe... tan lejos...

SANTI.— El zorro, mirándonos. Nosotros, mirándolo.

BERTA.— Observados.

SANTI.— Abrázame, Berta.

BERTA.— ¿Qué te pasa?

SANTI.— No te vayas. Por favor... No me dejes nunca.

ALGUIEN.— ¿Por qué me llaman "el Monstruo"?

BERTA.— ¿Te extraña?

SANTI.— Nadie entendió que alguien como tú...

ALGUIEN.— ¿Qué?

SANTI.— Tu belleza...

BERTA.— La juventud...

SANTI.— La amabilidad...

BERTA.— Me hiciste sentir...

ALGUIEN.— ¿Cómo?

SANTI.— A tu lado...

ALGUIEN.— ¿Qué?

SANTI.— Tu inteligencia...

BERTA.— Distinto a todos los hombres de este pueblo...

SANTI.— Alguien tan prometedor...

BERTA.— Lo tenías todo...

SANTI.— ¿Por qué alguien como tú nos ha hecho tanto daño?

BERTA.— Nos has destrozado.

SANTI.— Yo habría querido ser como tú.

BERTA.— Yo quería a alguien como tú.

SANTI.— Yo quiero ser como tú.

BERTA.— Nunca tendrías que habernos abandonado.

Pausa.

ALGUIEN.— ¿Qué te pasa?

SANTI.— *(...)*

BERTA.— *(...)*

SANTI.— *(...)*

BERTA.— *(...)*

SANTI.— *(...)*

BERTA.— *(...)*

SANTI.— ¡No me mires!

BERTA.— Déjame... Déjame... ¡No me toques!

Pausa.

SANTI.— La mañana siguiente a tu marcha... Carla...

BERTA.— Carla... a la entrada del pueblo... al pie de la fábrica.

SANTI.— Aquellos hombres... en el bosque... tirados en el suelo. El encargado, en la fábrica, el Tuerto... La lanzadera... Tu padre...

BERTA.— Dicen que vieron cómo te ibas.

SANTI.— Dicen que te atraparon.

BERTA.— Se te echaron encima.

SANTI.— Te golpearon hasta no poder más.

BERTA.— Se ensañaron contigo. Se divirtieron. Yo lo celebro.

SANTI.— Te lo mereces.

BERTA.— Dicen que hicieron un agujero bien profundo y te enterraron. Pusieron piedras sobre tu cadáver y lo cubrieron de tierra.

SANTI.— Se aseguraron de enterrarte en un lugar lo bastante profundo como para que nadie pudiese encontrarte jamás.

BERTA.— También dicen que alguna bestia debió de oler el hedor de tu cuerpo.

SANTI.— También dicen que algún animal habría conseguido desenterrarte.

BERTA.— Imposible que te comiesen.

SANTI.— Un solo mordisco y habrían tenido que escupir tu carne. Habrían enfermado.

BERTA.— Pero también dicen que sigues merodeando por el bosque.

SANTI.— Dicen que algo tuyo se quedó en la bestia que te mordió. Que esta habría mordido a otra... La cadena. El desastre.

BERTA.— Mejor no acercarse al bosque.

SANTI.— Por si acaso...

ALGUIEN.— ¿Todo eso dicen?

SANTI.— Sí.

BERTA.— Sí.

ALGUIEN.— Si fuese cierto, ¿a quién o qué se supone que tienes delante?

SANTI.— ¿Quién eres?

BERTA.— ¿Me lo cuentas?

SANTI.— ¿Adónde fuiste?

BERTA.— ¿Dónde te has ocultado todo este tiempo?

ALGUIEN.— En el infierno.

BERTA.— Podías haberte quedado.

SANTI.— No hacía falta que volvieses. ¿Qué quieres?

ALGUIEN.— No me he ido nunca. No habéis dejado de pensar en mí. También soñáis conmigo. Yo tampoco he dejado de pensar en vosotros...

SANTI.— ¡Deja de hacerlo!

BERTA.— ¡Olvídanos!

SANTI.— ¡Vete!

BERTA.— ¡Lejos!

ALGUIEN.— He visto a Berta.

SANTI.— ¿A Berta? Dice que te vio.

BERTA.— Tú mismo lo has dicho. No para de inventar. Miente. Otra vez.

SANTI.— ¿Sí?

BERTA.— *(...)*

SANTI.— ¿Se ha puesto en contacto contigo?

Pausa larga.

BERTA.— No.

SANTI.— ¿Por qué has tardado en contestar?

BERTA.— Quizá quería contactar conmigo. Llamó. Aquí. A casa. Cogiste el teléfono. Tú. Quedaste tú. No yo. Yo no lo habría hecho.

SANTI.— También te lo inventas. No has visto a Berta. Me lo habría contado.

ALGUIEN.— Se alegró.

SANTI.— ¡Y dale...!

ALGUIEN.— El teléfono de Santi empieza a moverse encima de la mesa del bar. Gira sobre sí mismo. Es ella. Berta. ¿No lo coges? Cógelo. Dile que estás aquí conmigo. Pregúntale si nos hemos visto.

BERTA.— ¿Cuando te llamé, estabas con él?

SANTI.— No... No estaba con él. Ya estaba en el coche.

ALGUIEN.— ¿Te da miedo contestarle?

SANTI.— No...

ALGUIEN.— Santi se levanta y se queda de pie delante de la mesa. Frente a mí.

SANTI.— Berta, dime...

ALGUIEN.— Habla, pero no deja de mirarme.

SANTI.— ¿... qué pasa?

BERTA.— ¿Has visto la hora que es?

SANTI.— Sí.

BERTA.— Te he enviado mensajes.

SANTI.— Ya...

BERTA.— ¿Por qué no contestas? ¿Va todo bien?

SANTI.— Sí... Todo bien. Ahora voy.

BERTA.— ¿Dónde estás?

SANTI.— De camino a casa. Llego enseguida.

BERTA.— ¿En el coche?

SANTI.— Sí.

BERTA.— ¿Dónde estás? ¿Con quién?

SANTI.— ¿Qué quieres decir?

BERTA.— No da la impresión de que estés en el coche.

SANTI.— Estoy en el coche.

BERTA.— No parece que estés solo. ¿Y ese ruido?

SANTI.— ¿Qué ruido?

BERTA.— ¿Estás con él?

ALGUIEN.— Santi se aleja de la mesa. De mí.

SANTI.— ¿Con él? ¿Con quién?

BERTA.— ¿Lo has visto?

SANTI.— ¿Y tú?

BERTA.— ¿Yo, qué?

SANTI.— ¿También lo has visto?

BERTA.— *(...)*

SANTI.— ¿A quién tendría que haber visto?

BERTA.— A él...

SANTI.— ¿A quién?

BERTA.— A tu padre.

SANTI.— ¿A mi padre? ¿Qué dices? No... No. Estoy en el coche. Voy. Estoy de camino.

ALGUIEN.— Santi se va alejando de la mesa. De mí. Del bar. A través de la ventana, lo veo fuera. Cuelga el teléfono. Entra en el coche. Lo arranca. Me ve a través de la ventana. Levanto la mano. Le sonrío. Digo una frase. Sé que, pese al cristal de separación y a que no me oyes, sabes lo que he dicho. Sé que puedes leerme los labios.

BERTA.— ¿Estabas en el coche cuando te llamé?

SANTI.— Acababa de salir. Fue un error quedar con él. También no decírtelo. Cuando estaba dentro del coche me llamaste. No te dije nada. Te lo tendría que haber dicho. Perdóname. ¿Me perdonas?

BERTA.— Después llamaste a tu padre.

SANTI.— Le dije que no pasaría.

BERTA.— Hace días que no vas. ¿Qué pasa con tu padre?

SANTI.— Nada. Ahora iré a casa. Con él.

BERTA.— Ahora. De madrugada. Le llamaste para decirle que no pasarías, pero no has vuelto en todos estos días... ¡¿Qué pasa?!

SANTI.— Papá, soy yo. (...) ¿Por qué te llamo? ¿Te acuerdas de Bruc? (...) Estoy bien --- Claro que estoy bien. (...) ¿De qué te hablo? ¿Qué Bruc? ¿No te dice nada ese nombre? Te llamo para hablarte de Bruc. Sé que puede parecer extraño. Aquel perro que tuvimos... Nuestro perro, ¡tienes que acordarte! Sé que han pasado muchos años. Casi cuarenta, pero no puede ser que hayas olvidado que tuvimos un perro. ¿Qué tendría yo? ¿Cinco --- seis años...? --- Yo lo quería. (...) Déjame que me explique. No me interrumpas. Escúchame. ¿Me escuchas? Una tarde salisteis y me dejasteis solo en casa. No mucho rato, pero sí. Solo. Debía de tener esta edad. Cuando mamá se marchó —sí, se marchó—, yo todavía no había cumplido los siete. Os fuisteis. No sé adónde. Fui yo quien destrozó las plantas del jardín. (...) ¿Cómo que no te acuerdas?

Sabes de qué te hablo. Escucha. Teníamos el jardín lleno de flores. Habíais plantado un parterre. Es imposible que no te acuerdes --- Tampoco del perro. Escúchame, papá, por favor... Déjame hablar. Que me explique. ¡Cierra la boca! *(Pausa)* Cuando volvisteis a casa, tú y mamá... Habíais ido al pueblo --- Da igual adónde --- Viste aquel destrozo y te enfureciste. Ella, también. O no. No. Ella, no. No lo sé. Quizá eras solo tú el que estaba enfadado. Empezasteis a discutir. A gritar mucho. Os dijisteis cosas terribles. Cuando tú y mamá discutíais, os decíais cosas terribles. La llamabas "recogida" para hacerla callar. No solo aquel día. Siempre. *(…)* Claro que sí --- Os decíais cosas terribles --- Cosas que no se tendrían que decir dos personas --- Cosas que no tendría que escuchar nunca un niño --- No hagas como que no te acuerdas y que las cosas eran —fueron— distintas y no como yo las cuento. Te he llamado para hablar de Bruc y quiero que me escuches. Por favor, papá. *(Pausa)* "Bruc ha destrozado el parterre". Era mentira. Lo dije para que no me riñerais. Para que no me dejaseis de querer. Me creísteis. Me dijisteis que me creíais. ¿Os lo creísteis o me mentisteis? Al día siguiente, cuando volví de la escuela, Bruc ya no estaba. Tú no estabas en casa. Tampoco el coche. No solías coger el coche entre semana. ¿Adónde fuiste? Pregunté a mamá dónde estaba Bruc. No me dijo nada. Mamá no tenía ánimo para vivir. Parecía como si ya no viviera entre nosotros. Hacía tiempo. Solo un poco de aliento cuando os gritabais. ¿Por qué la tratabas así? Nunca cogías el coche por las mañanas. ¿Qué hiciste aquel día? ¿Te llevaste a Bruc? ¿Adónde? *(…)* No te creo --- No finjas que no recuerdas que tuvimos un perro --- Me lo regalasteis --- Pero aquel día, cuando volviste, venías solo. Sin Bruc. Dijiste que no sabías nada, que cuando te fuiste de casa estaba en el jardín, durmiendo. Lo busqué. Tú, ni un simple gesto. Tampoco mamá, que parecía más muerta que viva. No estaba en ninguna parte. Entonces dijiste que —quizá— Bruc se había escapado y gritaste su nombre. Mamá también.

BERTA.— "Bruc... Bruc... Bruc...".

ALGUIEN.— "Bruc... Bruc... Bruc...".

SANTI.— No te esforzaste ni en fingir. Para disimular. Para enga-
ñarme. Me lo iba a creer sin que te esforzaras, debiste de pensar.
Yo me lo creí. O no. Tampoco puse ninguna energía en contrade-
cirte. Era un niño. Acepté la mentira. Una más. Te lo digo aho-
ra. No me digas que no sabes de qué te hablo después de tantos
años. Me pareció --- dime si me equivoco --- que sacaste la esco-
peta de cazar del maletero del coche. Podías haber esperado a que
yo no estuviera delante. No fue un problema para ti. ¿Me equi-
voco? Sabes adónde quiero ir a parar. ¿No dices nada? ¿Por qué
no dices nada? De acuerdo, no dices nada, hablaré yo. Mamá se
fue de casa al cabo de pocos días, ¿de eso tampoco te acuerdas?
La echaste. La noche anterior, os oí gritar --- Deciros, otra vez,
como tantas otras, cosas terribles --- Os decíais cosas terribles ---
No finjas que me invento yo las cosas --- Os oía desde la cama
--- Gritabais tanto que os debía de oír todo el pueblo --- Incluso
los pueblos vecinos --- toda la comarca --- Que era una recogida,
una inútil, una cualquiera, que toda la fábrica --- todo el pueblo
--- toda la comarca --- saben que eres una cualquiera --- que se te
rifan en la fábrica --- en la fábrica se rifan a las mujeres como tú
--- qué vergüenza --- ojalá no te hubiera recogido nunca --- no tie-
nes a nadie --- Sé cómo hacerte la vida imposible --- Tienes todas
las de perder --- Una cualquiera, recogida en una carretera. *(Pausa)*
Papá... ¿No dices nada ahora? *(Pausa)* Hablaré yo. Al día siguiente
por la mañana mamá ya no estaba. Fuimos unos días a casa de los
abuelos. ¿Lloras, papá? ¿Estás llorando? ¿Por qué lloras? Cuan-
do volvimos, dijiste que mamá había muerto y que habíamos ido
a enterrarla a su pueblo. ¿Ahora lloras? No lo hiciste entonces.
No te vi ni una sola lágrima. Fui yo quien destrozó el parterre del
jardín. Dije que había sido Bruc. Siempre pensé que yo era el cul-
pable de que nuestro perro se fuera de casa y, de rebote, también
mamá. No de que se fuera... de que te deshicieras de él. Pensé que
yo era el culpable. Mi mentira. También de vuestra discusión. De
perder a mamá. A ti no te importó que un niño cargara —haya

cargado— con esta culpa. ¿Qué hiciste con Bruc? ¿Lo subiste al coche y lo abandonaste en medio del bosque o en un desvío cualquiera? ¿Le pegaste un tiro y lo dejaste en un lugar cualquiera desangrándose? ¿Qué pasó? *(Pausa)* Esa noche, la última noche, después de que os peleaseis, al cabo de unas horas, me levanté. No estabais en vuestra habitación. Tampoco en ningún otro lugar de la casa. No encontré a nadie. No había nadie. Me habíais dejado. Solo. Otra vez. Salí afuera. Era una noche oscura. Todo estaba tranquilo. Volví a entrar y me senté en el sofá. Esperando. Tenía siete años. Tarde, mucho más tarde... oí el motor. Nuestro coche. Apenas amanecía. No sé de dónde venías. Me dijiste que mamá había muerto y que no volvería nunca más. *(Pausa)* ¿Papá? ¿Por qué no dices nada? *(Pausa)* ¿Me oyes? *(Pausa)* ¿Estás llorando? *(Pausa)* Papá, por favor, no me hagas esto... Dime, por favor, que me equivoco... *(Pausa)* Oigo tu respiración. No me dices nada, pero sé que me estás escuchando. Te esfuerzas para que no te oiga lloriquear. ¿Te levantaste al amanecer para llevarla... adónde? ¿Cómo te deshiciste de ella? ¿La llevaste a la estación de autobuses de un pueblo alejado del nuestro para que nadie pudiera verlo o la dejaste en un lugar cualquiera para que se las arreglara haciendo autostop? ¿En el mismo lugar donde la recogiste? ¿Por qué decidiste quedarte conmigo? Estás podrido, papá. También yo por haber aceptado tus mentiras. Por no haberte cuestionado. También este pueblo. Sus hombres. También sus mujeres. Los que nos hemos quedado. Tendría que haber buscado a mamá. ¿Por qué no lo ha hecho ella? Ojalá me la hubiera encontrado, aunque fuera por casualidad. La habría reconocido. Quizá ella no me habría reconocido. Quizá no me habría querido reconocer. Yo sí. Quizá me habría acercado. Quizá la habría observado. Quizá la habría seguido unos días. Quizá no le habría dicho nada. Quizá habría intentado encontrar alguna manera de comprobar que estaba bien. Tranquila. Feliz. Me hubiera conformado con eso. ¿Papá? *(Pausa)* ¿Me oyes? Sé que me escuchas. No me hagas esto. Acabo de ver a mi amigo. Ahora. Después de tantos años. El Monstruo. Ha vuelto...

BERTA.— Le llamaste para decirle que no pasarías, pero no has vuelto en todos estos días. ¿Qué ocurre, Santi?

SANTI.— Nada. Está todo bien. Me iré a casa. Iré hasta la puerta de su habitación y lo observaré mientras duerme. ¿Qué estará soñando? Lo despertaré. Desayunaremos juntos. Iremos a la fábrica, a la inauguración del centro cívico. ¿Vendrás?

BERTA.— Ya te lo he dicho. Quizá.

SANTI.— ¿Qué quería decir con lo del pájaro azul?

BERTA.— ¿A qué te refieres?

SANTI.— De jóvenes... Cuando íbamos a la colina... Yo lo había olvidado, pero él me habló de ello. Se quería tatuar un pájaro azul en el pecho. Un pájaro azul con tu nombre.

BERTA.— No sé de qué me hablas. Tampoco por qué lo dijo.

SANTI.— ¿Lo conocías mucho?

BERTA.— Ya me lo has preguntado.

SANTI.— "Como a todo el mundo", me has dicho. ¿De qué forma se conoce a todo el mundo?

BERTA.— Como a todo el mundo del pueblo. Ni más ni menos que a cualquier otra persona de un lugar pequeño donde todos nos conocemos.

SANTI.— ¿Crees que me conoces, Berta? ¿Te conozco yo a ti?

ALGUIEN.— Se observan. No se dicen nada. También me observan a mí. Como si también se preguntasen quién soy. En qué momento una bestia pasa de ser dócil a atacar. Ninguno de los dos me acaricia. Ahora no.

SANTI.— Insistió en que te había visto.

BERTA.— Ya me lo has dicho, y yo que te mintió.

SANTI.— ¿Me lo dirías?

BERTA.— La duda ofende, Santi. Hace días... no sé si lo recuerdas, me encontraste despierta. Yo estaba ahí, donde ahora estás tú.

ALGUIEN.— La noche de la que habla, Berta estaba sentada en el sitio de Santi. Yo estaba delante de ella. Ella me miraba a los ojos. Me acariciaba. Santi se despertó. Había notado la ausencia de Berta en la cama. Se sobresaltó. ¿Por qué? Bajó sigilosamente las escaleras. Berta estaba de espaldas a él, pero sintió su presencia y que estaba observándonos. También que yo levanté la cabeza y lo miré. Berta no se dio la vuelta.

SANTI.— ¿Te pasa algo?

BERTA.— ¿Por qué me iba a pasar nada? ¿Qué quieres que pase?

SANTI.— ¿Qué haces?

BERTA.— Tenía sed.

SANTI.— Hace rato que te has levantado.

BERTA.— No tanto.

SANTI.— Me he desvelado y no estabas en la cama. Me he vuelto a dormir al instante. Me he despertado más tarde y todavía no habías vuelto. Creo que ha pasado un buen rato. No sé cuánto, pero mucho.

BERTA.— Te equivocas. Acabo de bajar. He soñado. Por eso me he despertado.

SANTI.— ¿Una pesadilla?

BERTA.— Quizá. O no. No lo sé.

SANTI.— Yo también he tenido una pesadilla. ¿Vienes?

ALGUIEN.— Santi no le preguntó qué había soñado. Ella tampoco. Entonces volvieron a la cama. Yo los seguí. También me eché con ellos. Hicieron el amor. Ese día, sí.

BERTA.— ¿Por qué aquella noche que me encontraste despierta, aquí donde estamos ahora, no me preguntaste qué había soñado?

SANTI.— ¿Tendría que habértelo preguntado? Tú tampoco me lo preguntaste a mí.

BERTA.— ¿Qué soñaste?

SANTI.— Iba en coche, camino del pueblo. Subí a alguien al coche. No sé quién era. Se ha borrado. No recuerdo nada más. ¿Tú?

BERTA.— Yo estaba en la antigua carretera. Inmóvil. De noche. La mayoría de mis sueños pasan por la noche. También lo de fumar. Llovía. Quizá. No lo tengo claro. Tengo la sensación de que mi cuerpo estaba mojado, pero no estoy segura. De repente, las luces de un coche que venía de frente. Yo no hacía nada: ni me movía de allí en medio ni tampoco hacía ninguna señal para que parara. El coche reducía la velocidad y se detenía. El conductor abría la puerta y salía. No conocía de nada a aquel hombre. Te lo juro. No lo había visto nunca. Después, dándole vueltas, no te lo creerás, pero creo que se parecía a ti. Mucho. O quizá a él. Si eras tú, yo no te reconocía. Si era él, tampoco.

SANTI.— ¿Quiere que la lleve?

BERTA.— No lo conozco de nada.

SANTI.— Yo tampoco a usted. ¿Quiere subir?

BERTA.— No acostumbro a subir al coche de un desconocido.

SANTI.— No tiene que tener /

BERTA.— No le tengo ningún miedo. Pero quiero saber por qué lo hace.

SANTI.— Yo no asusto a nadie.

BERTA.— ¿Por qué lo hace?

SANTI.— Explíquese. ¿Hacer qué?

BERTA.— Por qué ha elegido esta carretera. Es estrecha. Llena de curvas. No circula nadie. Aunque mejor así. Casi no hay espacio para que pasen dos coches y más vale no encontrarse con otro que venga de frente... El bosque... tan espeso... Las montañas... Es un lugar difícil de transitar. Esta zona es tan sombría que, tanto a primera hora como al atardecer, siempre está escarchada. No entiendo por qué, habiendo una carretera nueva, ha preferido pasar por esta, por donde ya no circula nadie.

SANTI.— No hay nada más bonito que conducir entre los árboles cubiertos de escarcha. Puede confiar en mí.

BERTA.— Se acercaba al coche. Abría la puerta del acompañante. Después se iba a la del conductor. Yo estaba unos segundos —no, unos segundos no... unos minutos— sin hacer nada. El tiempo es extraño en los sueños, ¿no te parece? Encendía un cigarrillo y me observaba desde el interior del coche. Finalmente me acercaba y entraba. Sin mirarme, me ofrecía un paquete de cigarrillos y un mechero. Yo cogía uno, lo encendía y empezaba a fumar. Él ponía en marcha el coche. Empezábamos a circular en silencio. Conducía en dirección al pueblo y, más que acercarme, yo habría preferido que me alejara. Quizá también de aquel sueño.

SANTI.— ¿Es usted de aquí?

BERTA.— ¿Por qué me pregunta cosas que ya sabe?

SANTI.— ¿De dónde es?

BERTA.— Del primer pueblo que encontraremos.

SANTI.— ¿Ha vivido allí siempre?

BERTA.— No conozco ningún otro lugar.

SANTI.— ¿Es un lugar bonito para vivir?

BERTA.— ¿Por qué me lo pregunta?

SANTI.— ¿Lo es?

BERTA.— ¿De dónde es usted?

SANTI.— Es la primera vez que paso por aquí. ¿La acerco hasta su pueblo?

BERTA.— Se lo agradecería. ¿Qué hace aquí a estas horas?

SANTI.— ¿Y usted?

BERTA.— ¿Siempre contesta una pregunta con otra pregunta?

SANTI.— La he recogido.

BERTA.— ¿Ha venido a recogerme?

SANTI.— ¿Suele hacer autostop?

BERTA.— No intente hacerme creer lo que no ha pasado. No hacía autostop. Usted pasaba por la carretera y ha detenido el coche. Yo no he hecho ninguna señal. Ni siquiera me he movido. Si hubiese querido, habría podido atropellarme.

SANTI.— ¿Era eso lo que deseaba?

BERTA.— Usted, ¿qué desea?

SANTI.— *(...)*

BERTA.— Podría estar asustada, pero no lo estoy.

SANTI.— ¿Por qué iba a estarlo?

BERTA.— Usted. Un desconocido. Me he subido a su coche. En cualquier momento podría detenerlo. Todavía puede que lo pare. Nada de lo que pueda hacer me asusta. Soy consciente de que esto no es real. Es de noche. Fumo. Me basta con esto para saber de qué se trata. No sé cómo escapar de aquí, pero ya que estoy, querría saber quién es, qué hace y por qué me ha recogido.

SANTI.— Mi madre escapó de un pueblo de por aquí. Me llevó con ella. Ahora soy lo bastante mayor para poder encontrar y conocer de dónde se escapó. Estoy buscando ese lugar.

BERTA.— ¿Cuántos años tenía cuando se fueron?

SANTI.— Seis... Siete.

BERTA.— Un crío. ¿De qué escapaba su madre?

SANTI.— No me lo ha contado nunca. ¿Me lo cuenta usted?

BERTA.— *(...)*

SANTI.— Mi padre aún vive en el pueblo.

BERTA.— ¿No lo ha vuelto a ver?

SANTI.— No lo he visto nunca más desde entonces.

BERTA.— ¿Ha venido a buscarlo?

SANTI.— Ni siquiera recuerdo qué cara tiene. Tampoco sé si está vivo o muerto. No he venido a buscarlo. Busco un lugar, no a mi padre. Usted me ayudará a llegar allí. Quizá yo también puedo ayudarla.

BERTA.— ¿Cómo?

SANTI.— Llevándola.

BERTA.— No me miente, ¿verdad?

SANTI.— No.

BERTA.— No hay nada peor que la mentira. Yo me inventé que un día recogí a un chico que hacía autostop. Una buena persona. Un chico atractivo.

SANTI.— ¿Por qué lo hizo?

BERTA.— Por mi hijo. Eso pensaba.

SANTI.— ¿Pensaba?

BERTA.— Sí, pero no. Sobre todo por mí. A veces, mentimos para sobrevivir. Uno puede creerse sus propias mentiras. No hay nada peor que la mentira.

SANTI.— Luces... Comienzan a verse casas... Con esta niebla baja, da la impresión de que el pueblo flota sobre una nube. ¿Es este? Su pueblo, quiero decir.

BERTA.— Sí, es este.

SANTI.— Parece bonito.

BERTA.— No se deje engañar.

SANTI.— ¿Qué es aquello? ¿El campanario?

BERTA.— Una chimenea. El pueblo tiene una chimenea que parece un campanario. Ha dado trabajo a toda la comarca. A las mujeres, sobre todo.

SANTI.— ¿Usted trabaja allí?

BERTA.— Pregunta cosas que ya sabe. Para hacerme hablar. Hablaré. Antes... Trabajé allí. Muchos años. Venían mujeres de otros pueblos. También de más lejos. El pueblo estaba mal comunicado. Muchas se juntaban en un mismo coche. Otras llegaban a pie. Algunas, incluso, haciendo autostop, confiando en que alguien las acercaría. Usted no me hará nada. Mejor a pie que subirse con alguien, aunque lo conozcas. Sé de qué hablo. En la comarca no hay demasiado trabajo. Aquí en el pueblo, falto de mujeres, teníamos la fábrica. Cada vez que llegaban las nuevas, todos los hombres embobados, como idiotas, a ver si podían cazar alguna. Una vez al año, cuando terminaba la primavera, elegían a la más bonita. Una celebración. La llevaban en brazos, coreaban su nombre y la paseaban por todo el pueblo.

SANTI.— Berta... Espera, espera...

BERTA.— ¿Qué pasa?

SANTI.— En mi sueño subía a alguien en el coche.

BERTA.— Me lo has dicho.

SANTI.— No sé ni quién era. Alguien que no conocía de nada. Te lo juro. No lo había visto nunca. Ahora, pensándolo, se parecía a ti, mucho, pero, si eras tú, yo no te reconocía. O a él. Quizá. Pero tampoco. No lo sé.

BERTA.— ¿Quieres que lo deje?

SANTI.— No, continúa.

BERTA.— Después de hablarle de la fábrica, aquel hombre sonreía y sin mirarme...

SANTI.— Creo que este era mi pueblo.

BERTA.— ¿Qué le hace pensar esto?

SANTI.— Mi madre también trabajó en una fábrica. Todo eso que me cuenta me resulta familiar.

BERTA.— Hizo bien en irse de aquí.

SANTI.— ¿Por qué?

BERTA.— ¿Qué le ha contado su madre del pueblo?

SANTI.— Poca cosa. Un pueblo pequeño con una chimenea alta como un campanario que parece que vaya a reventar el cielo. También me dijo quién sería yo si me hubiese quedado.

BERTA.— ¿Quién sería usted si se hubiese quedado?

SANTI.— Cada hombre es lo que hace con aquello que le hicieron. Aceptarlo o rebelarse. Si lo hubieses aceptado, tarde o temprano te habrías estropeado, hijo. Habrías acabado como los demás hombres. En el pueblo había pocas mujeres y los hombres no sabían quererlas. Ser como ellos. Reproducir sus actos. Perpetuar y silenciar sus mentiras. Si te hubieses rebelado, habría significado matarlos o que te matasen a ti. Dice que ya no trabaja en la fábrica...

BERTA.— La cerraron poco después de que una chica...

SANTI.— *(...)*

BERTA.— También de que encontraran muerto al propietario, al encargado, con una lanzadera clavada en medio del pecho, como si hubiese saltado furiosa del bataneo de un telar. Más hombres en la carretera. También en el bosque.

SANTI.— *(...)*

BERTA.— ¿Le hace gracia?

SANTI.— El Tuerto.

BERTA.— Sabe el nombre del encargado.

SANTI.— Lo llamaban así. También a la fábrica. Por el encargado.

BERTA.— Su madre le ha contado más cosas de las que usted dice.

SANTI.— No me lo ha dicho, pero charlando con usted es como si sus palabras se apoderasen de mí.

BERTA.— No se las guarde como la gente de aquí. Hable. Haga el favor de hacerlo.

SANTI.— Las mujeres tenían que esquivarlo. Al encargado, quiero decir. A cualquier hombre, de hecho. Cada año escogían a la más bonita. Usted es bonita.

BERTA.— Gracias.

SANTI.— ¿La escogieron?

BERTA.— La elegida.

SANTI.— Una cada año y él, el encargado, presumía de rifarse a cualquiera de ellas el día que él quisiese.

BERTA.— ¡Pare! ¡Pare! ¡Deténgase! ¡Deténgase!

SANTI.— ¿Qué pasa?

BERTA.— ¿No lo ha visto?

SANTI.— ¿Ver qué?

BERTA.— Entonces... frenaba el coche de golpe, yo abría la puerta y salía corriendo. Me quedaba, de nuevo, en medio de la carretera, en el desvío para entrar al pueblo.

SANTI.— ¿Qué viste, Berta?

BERTA.— Estaba en medio de la carretera.

SANTI.— ¿Quién?

BERTA.— ¿Qué le has hecho?

SANTI.— ¿A quién?

BERTA.— Estaba en medio de la carretera, llevaba a Carla en brazos.

SANTI.— Carla...

BERTA.— Aquel hombre conducía el coche y si yo no lo hubiera avisado... si no hubiera parado el coche... Venía directo hacia nosotros. Lo habríamos atropellado sin que a ninguno de los dos les hubiera importado. No recuerdo su rostro. No sé si tenía rostro. No sé si tenía rostro humano o animal. ¿O eras tú? No. Supe que era él. De eso estoy segura. Iba bien vestido. Todo de blanco. En los brazos, Carla. ¿Qué le has hecho?

ALGUIEN.— Los hombres la han llevado a hombros, levantándola, vitoreando su nombre.

ALGUIEN o quizá SANTI.— "Carla... Carla... Carla...".

ALGUIEN.— También habían coreado el tuyo antes, ¿no?

ALGUIEN o quizá SANTI.— "Berta... Berta... Berta...".

ALGUIEN.— La han paseado por todo el pueblo sin que tocase el suelo. Después, también por las afueras. Por el campo. Por el bosque. Ella, entre gritos y brazos, ríe hasta no poder más y perder el conocimiento. Los hombres continúan gritando su nombre y haciendo volar su cuerpo ya exento de fuerza y resistencia. Continúan hasta el interior del bosque, donde se mantiene un último segundo suspendida en el aire. Flota. Cae. Toca el suelo. Tras ella, furiosos, agotados y festivos, se desploman encima todos y cada uno de los hombres. Todo el pueblo. Sin excepción. En la oscuridad, los ojos de todos los animales del bosque que se han acercado. Yo acabo de bajar del coche de un amigo. Camino unos metros. Me agacho. Cojo una piedra. Me levanto de nuevo. Me doy la vuelta y le sonrío. Mientras me pierdo en la oscuridad, oigo su voz...

SANTI.— Vete, vete tan lejos como puedas, hasta perderte. No vuelvas nunca más. Pero antes, extermina a este pueblo. A todos. A sus hombres. Al encargado de la fábrica. A mi padre. Incluso a mí. Tendrías que acabar con todos nosotros.

ALGUIEN.— Me adentro en el bosque. La he encontrado en medio de un claro, descuidada, casi cubierta de corteza y hojas de pino, antes de que algún animal salvaje la oliese y, aprovechando la oscuridad, se le echase encima. Escucha... *(Pausa)* Sigue oyéndose el rumor de los hombres volviendo a sus casas. ¿Los oyes? *(Pausa)* Sus mujeres, madres, hijas, hermanas, les preguntarán cuánto tiempo la han tenido sin tocar el suelo. Reirán. Incluso. Desayunarán. Otros, abrazados entre ellos, siguen coreando su nombre por la calle y se vanaglorian de la proeza. Entrarán en un bar. Brindarán. Se lamentarán de tener que esperar otro año para volver a hacerlo. Para repetir la tradición. La llevo hacia el pueblo. La dejaré en el suelo, a la entrada, donde empiezan las primeras casas, al pie de la fábrica. Aquí tenéis a la elegida. Será la última. Con ella se acabará vuestra tradición. Me marcharé y la encontrarán en el suelo. Sin respirar. Su último aliento fue en el bosque. En la fábrica, el encargado muerto. Al pie de la carretera, dos hombres más. También muertos. Y algún otro ya bosque adentro. Alguien me verá coger la carretera e irme. Me oirán cantar, como un pájaro, y el trino, quizá el más dulce que hayan escuchado nunca, también se perderá en la oscuridad. Todos empezarán a hablar. "Ha sido él". "Un hijo de nuestro pueblo". "¿Cómo ha sido capaz de hacer algo así?". "Aquí se estaba bien". "Qué dolor tan grande nos deja". "El Monstruo". Me señalarán. Hablarán. Las bocas de los hombres y mujeres del pueblo se llenarán de cucarachas.

Pausa.

SANTI.— Me parece, Berta, que circulábamos por la misma carretera. Por la misma pesadilla.

BERTA.— Dame un cigarrillo.

SANTI.— ¿Quieres un cigarrillo?

BERTA.— Sí.

SANTI.— ¿Por qué quieres un cigarrillo?

BERTA.— Dámelo.

SANTI.— Ya no fumamos. Lo dejamos. No hay tabaco en esta casa.

BERTA.— Sabes perfectamente que si metes la mano en el jarrón, en el fondo encontrarás un paquete y un mechero.

SANTI.— ¿Por qué iba a haber un paquete y un mechero en el fondo del jarrón?

BERTA.— Me lo dijiste tú.

SANTI o quizá BERTA.— "Es bueno tener siempre cerca aquello que te puede tentar para confirmar lo fuerte o lo débil que eres".

ALGUIEN.— Berta se me acerca. Ahora sí, me acaricia. Me quita el collar y se lo queda en la mano. Ya no lo soltará. Me habla al oído. Santi abre la puerta.

BERTA.— Sal.

SANTI.— Vete.

BERTA.— Corre.

SANTI.— No te entretengas.

BERTA.— Sabes lo que tienes que hacer.

ALGUIEN.— Ya sé que habéis reforzado las vallas de vuestros jardines. Ya podéis ir poniendo trampas y obstáculos. Una noche más, volveré a hacerlo. Ellos dos ya no se dirán nada más. Subirán arriba, a la habitación, como si fueran sonámbulos. Harán el amor. Como salvajes. Como hacía tiempo que no lo hacían. Quizá lloren sin que el otro se dé cuenta. Cuando vuelva, me lanzaré encima de su cama con la furia de quien puede hacer pedazos dos cuerpos dormidos. Pero no. Hoy, no. Todavía no. Mañana por la mañana, que es dentro de poco, se levantarán temprano. Se comportarán con una naturalidad desconcertante. Los dos dudarán. Quizá. O no. No tendrán claro si han hecho el amor o lo han soñado. No se dirán nada el uno al otro. Tampoco tendrán claro si han hablado o lo han soñado. Tampoco se dirán nada el uno al otro. Desayunarán. Santi saldrá hacia su casa. Irá a buscar a su padre. Se acercará a la puerta de su habitación y lo mirará mientras duerme. Lo despertará. Irán juntos a la fábrica. A la inauguración del centro cívico. Estará todo el pueblo. Los viejos. Las viejas. Sus hijos. Los hijos de sus hijos. Ellos dos llegarán por separado: Santi, con su padre; Berta, con Adrià y conmigo. Cuando se encuentren, se saludarán. Cordialmente. Levantarán la vista. La chimenea les parecerá que, ahora sí, está a punto de agujerear el cielo. A sus pies encontrarán una placa. En la placa, el nombre del encargado. En su recuerdo. "Al Tuerto. También a todos los hombres y mujeres que con su esfuerzo levantaron la fábrica. Y a este pueblo". Todos ellos aplaudirán. Después, brindarán.

OSCURO

Barcelona, 2021-2023

JOSEP MARIA MIRÓ

El Monstre

XXXII Premi SGAE de Teatre Jardiel Poncela

L'elaboració d'aquest text va comptar amb un ajut a la creació
de la Institució de les Lletres Catalanes l'any 2021.
La traducció al castellà de l'obra *El Monstre* ha estat possible gràcies
a un ajut a la traducció de textos teatrals 2024 de l'Institut Ramon Llull.

A Fernando Parodi (i la lluna).

El passat és allò que recordes,
allò que imagines que recordes,
allò que et convences que recordes,
o allò que fas veure que recordes.

Harold PINTER, *Old Times*

El Monstre

Personatges

ALGÚ
SANTI
BERTA

Notes prèvies a la lectura

/ Indica que la rèplica següent talla immediatament el que s'està dient. Si és dins del parlament d'un mateix personatge, indica que la frase que ve a continuació talla abruptament la idea anterior.

(...) Indica una rèplica o reacció no verbal. Potser només un sospir, una mirada, o un petit gest.

--- Indica l'encadenament entre dues frases, finalitzades o no, enllaçant la darrera síl·laba d'una paraula amb la primera de l'altra, amb una mateixa respiració i sense considerar-ho un punt.

No hi ha cap tall a fosc durant tota l'obra.

ALGÚ.— Nit. És nit. Sempre serà nit. Aquesta és una de les cases més boniques del poble. És de pedra i té un pati amb un llorer que va sobreviure a un llamp que va esberlar-lo pel mig. Soc al segon pis. Entro a l'habitació de la Berta. Dorm. També en Santi. Somien? Potser. Deuen somiar. Sí, somien. El somni d'ell ha pres una forma tibant i busca el d'ella, que se'n desfà. Al cap de poc és la Berta qui es desvetlla i es reincorpora. Què et passa, Berta? Mai tanquen les persianes i la claror de la lluna, en quart creixent, taca el cos d'en Santi. La Berta m'ha vist, observant-los en la foscor de la porta estant. Em somriu. Jo també li somric. M'observa. Es posa al damunt d'en Santi i comença a moure's. La Berta es mou deliciosament, d'una forma que embruixa. Posa les mans damunt del seu pit pelut i les arrossega fins a ajuntar-les damunt del seu coll. Les aparta, atura el moviment, surt de damunt seu i torna a estirar-se i, potser, fa veure que s'adorm. En Santi, mig endormiscat, potser plora. Per què plores, Santi? Me'n vaig cap a l'habitació de l'Adrià. En aquesta casa, ningú tanca les persianes, tampoc les portes. L'Adrià està estirat al llit. Escolta música. Sovint es queda adormit amb els auriculars posats. M'estimo l'Adrià. Entro, em fa lloc i m'estiro al seu costat. S'adormirà d'aquí a una estona. L'Adrià, per dormir, només porta una samarreta. De vegades, a mitjanit o de matinada, s'aixeca, se'n va al lavabo o a la cuina a beure un got d'aigua. La cuina és al pis de baix. Hi ha un lavabo a dalt i també un a baix. Ell va al de baix per evitar que la seva mare i en Santi sentin el soroll de la cisterna i es despertin. La casa té el terra de fusta i tots hi passegen descalços. És càlid, com aquesta casa. Cal anar amb compte. Algunes parts grinyolen. És un cruixir que sembla un grill fent un intent desesperat d'afinació. De vegades, quan l'Adrià puja de la cuina o el bany, s'acosta fins a la porta de l'habitació on dormen la Berta i en Santi. En Santi viu amb el seu pare i no es queda totes les nits. Moltes però no totes. Sovint però no sempre. En Santi em va recollir i portar a aquesta casa. Era una nit que plovia a bots i barrals. Jo estava amarat, al mig de l'antiga carretera de sortida del poble. No hi passen gaires cotxes, però encara pots trobar-hi algú perdut... deambulant... fent autoestop. Per què? En Santi va aturar el cotxe, va baixar, em va agafar a coll, molt delicadament, i em va posar al seient de darrera. No es va espantar. Jo tampoc. Cap dels dos va dir res. Mentre conduïa, em va semblar que tremolava. També que plorava. No m'ho va semblar. Ho vaig veure a través mirallet del davant. En alguna de les anades de l'Adrià a la cuina o al bany, es queda palplantat al llindar de la porta de la seva mare i s'està una estona mirant com dormen. En alguna ocasió els enxampa fent l'amor. De vegades, jo l'acompanyo. S'ajup, m'enfonsa els dits al cap, m'acaricia i ens quedem, còmplices en silenci i en l'obscuritat, com dos mussols, mirant els seus cossos. A en Santi i la Berta, els agrada trobar els meus ulls en la foscor, observant-los com fan l'amor. No els faria tanta gràcia trobar-se els del fill de la Berta. L'Adrià, finalment, s'ha adormit amb els auriculars posats i el llum encès. Hi ha algú al bany. Ha ajustat la porta. Estrany. Hi entro. És en Santi. Fa un gest de sorpresa i s'apuja ràpid els calçotets. Em posa la mà al coll. Sembla que em vulgui estrangular. M'agrada que m'agafi amb aquest gest violent però acabi acaronar-me. S'aixeca de la tassa del vàter i torna a l'habitació. Agafa algunes peces de roba i se'n va al pis de baix. Posa la mà dins d'un gerro, com si volgués treure'n alguna cosa guardada al fons. No ho fa. Què anaves a fer, Santi? Ara comença a vestir-se. Un cop vestit es queda quiet a la butaca, mirant-me directament als ulls, com el dia que em va portar per primer cop a aquesta casa.

BERTA.— No ho sembla.

SANTI.— És clar que ho és.

BERTA.— No deus pensar a endossar-me'l...

SANTI.— No me'n puc fer càrrec. Només temporalment. Seré gairebé un mes treballant a fora.

BERTA.— Un mes...

SANTI.— Encara no he marxat i ja et trobo a faltar.

BERTA.— No siguis ridícul.

SANTI.— M'hi he acostumat.

BERTA.— *(...)*

SANTI.— La teva olor.

BERTA.— Ja... La meva olor... Quan tornis, qui s'haurà acostumat a aquesta casa, a l'olor d'aquesta casa, serà ell. Llavors sentirà que és casa seva. També s'haurà acostumat a mi, a la meva olor, a l'Adrià i a la seva. Llavors ja no voldrà anar enlloc més. /

SANTI.— A l'Adrià li agradarà.

BERTA.— A mi també. Ja m'agrada. Em sembla que té els meus ulls, però el nas és ben bé el teu.

SANTI.— Ho veus? Era allà, al mig de la carretera... Escuat, pobre bèstia. Per què li devien tallar la cua?

BERTA.— I aquesta marca al coll?

SANTI.— Què t'han fet?

ALGÚ.— Intenta tocar-me el coll. Em tiro enrere. Faig un gest sobtat. Potser violent. Sí, violent. Li ensenyo les dents.

SANTI.— Ei... Tranquil... Només vull... No et faré res.

BERTA.— Ves amb compte que no et mossegui.

SANTI.— És com si l'haguessin lligat amb una corda. El té encetat...
També ferides a tot el cos. Qui t'ha fet mal? S'ha de ser molt /

BERTA.— Mai havia vist una cara tan humana. Qui ets? D'on has
sortit?

SANTI.— De petit en vaig tenir un.

BERTA.— Com es deia?

SANTI.— Bruc.

BERTA.— No n'has parlat mai.

SANTI.— No?

BERTA.— No. Mai. Per què no el portes a casa teva?

SANTI.— *(...)*

BERTA.— Si vau tenir un gos --- de debò et sembla que és un gos...?
Potser al teu pare li farà gràcia.

SANTI.— El pare és gran... Prefereixo... És millor que no. És clar
que és un gos.

BERTA.— És tan bonic que fa mal. Si li aguanto molta estona la
mirada, crec que em posaré a plorar.

SANTI.— Per què ho dius, això?

BERTA.— No ho sé. Ens mira, com si sabés que estem parlant d'ell... Esperant la meva aprovació... Per què m'ho fas, això?

SANTI.— L'hauries d'haver vist al mig de la carretera... Amarat. El podia haver atropellat qualsevol cotxe. Sort que no hi passa gaire gent. Semblava que esperés que l'atropellessin. /

BERTA.— Per què prefereixes passar per allà i no per la carretera nova? No hi passa ningú. Imagina't que...

SANTI.— *(...)*

BERTA.— ... que et passa alguna cosa. Podrien arribar a passar hores sense que ningú et trobés.

SANTI.— Què vols que em passi? Què m'ha de passar? Sembla que vulguis que em passi alguna cosa.

BERTA.— No vull que et passi res. És estreta. Plena de revolts. No hi circula ningú. Encara que és millor així. Gairebé no hi ha espai perquè hi passin dos cotxes i val més no trobar-se'n un altre que vingui de cara... El bosc... tan espès... Les muntanyes... És un lloc fosc de transitar. Aquella part és tan obaga que, tant a primera hora com al vespre, sempre està gebrada. No entenc per què, havent-hi una carretera nova, tu prefereixes passar per aquella on ja no hi circula ningú.

SANTI.— No hi ha res més bonic que circular-hi amb els arbres envaïts per la gebrada. Ens el quedem?

BERTA.— Deus voler dir "me'l quedo". Estàs segur que no és una guilla?

SANTI.— Com vols que sigui una guilla? Una guilla no es deixaria amanyagar. Tampoc agafar. L'he portat en braços. No hauria pujat al cotxe. No has vist que és manyac?

BERTA.— Més aviat esquerp.

SANTI.— Encara no ens coneix.

BERTA.— T'ha ensenyat les dents. Ha intentat /

SANTI.— Era la seva forma de dir que té por.

BERTA.— Saps que corre una guilla pel poble? Ha entrat a unes quantes cases i, fins i tot, ha matat bestiar: gallines, conills...

SANTI.— No té l'aspecte d'una guilla.

BERTA.— Tampoc d'un gos. Potser és poc salvatge per viure al bosc i serà poc domèstic per viure en una casa. Una guilla es podria haver barrejat amb un gos?

SANTI.— No diguis bestieses! Hi has pensat? En aquest poble tothom té un gos. Ara serem com tothom. Però diferents. Tindrem un gos que sembla una guilla. Així que en corre una pel poble?

BERTA.— Diuen.

SANTI.— T'ho has inventat?

BERTA.— Per què ho hauria de fer?

SANTI.— Per fer-me canviar d'idea.

BERTA.— Canviaries d'idea si no fos un gos?

SANTI.— No t'agrada?

BERTA.— Farem creure a tothom que és un gos.

SANTI.— Si no ho fos... Sí... M'agradaria tenir una guilla.

ALGÚ.— Així vaig arribar a casa la Berta, que, segons com, també és la d'en Santi. Deu fer... quatre anys. Crec que a en Santi li recordo algú. A en Bruc, el teu gos de nen? O potser no? A qui? I a tu, Berta... A qui et recordo? A l'Adrià potser al seu pare, que no ha conegut mai, que ni tan sols sap qui és.

BERTA.— Abans que creixis i comencis a fer preguntes, t'ho dic ara i ens n'oblidem per sempre més. Encara que et costi d'imaginar, un dia la teva mare va ser jove i esbojarrada. No sé qui era. Tampoc com es deia. Un turista. Crec. Potser... nòrdic. O de l'est. Tampoc no me'n recordo. Fins i tot se me n'ha esborrat la cara. Era un noi força guapo, d'això sí que me'n recordo. Com un animal salvatge. Jo anava en cotxe. Ell feia autoestop. El vaig carregar. Va anar així.

ALGÚ.— Ara l'Adrià té vint-i-pocs anys. Quan la Berta li va etzibar això en devia tenir disset. Cap dels dos n'ha parlat mai més. No ha calgut. Aquest cap de setmana començarà l'estiu. El poble, des que comença a brotar i fins que floreix, és preciós. Són quatre cases mal comptades, d'on sobresurt la xemeneia llarga i esmolada de l'antiga fàbrica. La Berta s'ha despertat. Deu haver notat l'absència d'en Santi al llit. Potser el seu neguit, que també podria ser el d'ella. Baixa sigil·losament les escales. En Santi és d'esquena, però nota la presència de la Berta, i que ens està observant. També que jo he aixecat el cap i me la miro. En Santi em continua mirant fixament. Ella començarà a parlar i ell, almenys de moment, no es gira.

BERTA.— Què passa?

SANTI.— Què vols que passi?

BERTA.— Quina hora és?

SANTI.— *(...)*

BERTA.— *(...)*

SANTI.— *(...)*

BERTA.— Santi... Són les tres de la matinada.

SANTI.— Intenta dormir.

BERTA.— *(...)*

SANTI.— *(...)*

BERTA.— T'has vestit...

SANTI.— Me'n vaig.

BERTA.— Com que te'n vas?

SANTI.— Sí.

BERTA.— On?

ALGÚ.— Ara sí. Es gira. Veu la seva cara estranyada, va cap a ella i li fa un petó.

SANTI.— Torna al llit. Me'n vaig a casa.

BERTA.— Li passa alguna cosa al teu pare?

SANTI.— Què li hauria de passar?

BERTA.— Te'n vas a aquestes hores...

SANTI.— No li passa res.

BERTA.— Ahir va trucar.

SANTI.— Què volia?

BERTA.— Fa dies que no hi vas.

SANTI.— No me'n vas dir res.

BERTA.— No hi vaig pensar. Mai passes tants dies aquí. Va tot bé?

SANTI.— Vull que em trobi a casa quan es desperti.

BERTA.— M'ho expliques?

SANTI.— No hi ha res a explicar.

BERTA.— (...)

SANTI.— Avui inauguren el centre cívic a l'antiga fàbrica del Borni. Em va dir que vol anar-hi. Vindràs?

BERTA.— Potser. No ho sé. Sí... Vindré.

SANTI.— Quan s'aixequi, em trobarà a casa. Esmorzarem i l'hi acompanyaré.

BERTA.— Casa teva és a quatre passes. No a deu mil quilòmetres. Per què t'aixeques a les tres de la matinada per anar aquí al costat?

SANTI.— (...)

BERTA.— Si no m'arribo a despertar ara... Què hauria passat? Demà al matí em trobaria que has marxat, sense dir res, com un lladre.

SANTI.— Com un lladre...!

BERTA.— Com un lladre, sí.

SANTI.— Hi ha molts dies que m'aixeco abans que tu i me'n torno a casa.

BERTA.— Sí, però encara que estigui dormint em fas un petó i, fins i tot, em dius "adeu" o "bon dia". M'ho expliques?

ALGÚ.— En Santi no diu res. Acota el cap. Potser pensa que fa pocs dies la Berta era al seu lloc, on ara és ell, i que era ella qui s'havia aixecat a aquestes hores. Què et passava, Berta?

BERTA.— *(...)*

ALGÚ.— Finalment, encara amb la barba tocant al pit...

SANTI.— Fa uns dies... em va trucar.

BERTA.— Et va trucar...

SANTI.— Sí.

BERTA.— Fa uns dies...

SANTI.— Sí.

BERTA.— ... et va trucar --- Qui et va trucar?

SANTI.— Prefereixo no pronunciar el seu nom.

Pausa llarga.

BERTA.— És qui m'imagino...

SANTI.— Sí.

BERTA.— Al mòbil?

SANTI.— No.

BERTA.— No et va trucar al mòbil?

SANTI.— No... Aquí.

BERTA.— Aquí. A casa meva.

SANTI.— Sí.

BERTA.— Al fix?

SANTI.— Sí.

BERTA.— N'estàs segur?

SANTI.— És clar. Ja gairebé ningú truca a casa.

BERTA.— Si et va trucar aquí...

SANTI.— *(...)*

BERTA.— *(...)*

SANTI.— Ja...

BERTA.— Ja, què?

SANTI.— Res.

BERTA.— Era a mi a qui buscava.

SANTI.— No ho sé... No hi havia pensat. Per què t'hauria de buscar?

BERTA.— Com que no hi havies pensat?

SANTI.— En cap moment em va dir que et truqués a tu.

BERTA.— Vas agafar-lo tu. Vas parlar-hi tu. Però va trucar al meu telèfon. A casa meva.

SANTI.— El coneixies molt?

BERTA.— Com a tothom.

SANTI.— De quina forma es coneix a tothom?

BERTA.— Com a tothom del poble. Ni més ni menys que a qualsevol altra persona d'un lloc petit on tots ens coneixem --- Quant fa d'això? --- A quina hora et va trucar?

SANTI.— Dilluns farà una setmana. Per què em preguntes... Què importa /

BERTA.— Segons tu, res importa. Va trucar a casa meva. No a la teva. Segons l'hora que ho fes... potser et volia trobar a tu. Parlar amb tu. Fer-te notar que sabia que jo no hi era. Fer-te notar que sap que tu i jo... Com sabia que et trobaria a casa meva? Demà farà una setmana...! Quan pensaves / Res és important per tu. Sí que importa. Per saber si et buscava a tu o a mi. Què volia?

Pausa.

SANTI.— Parlar.

BERTA.— Parlar...

SANTI.— Per què tens aquest mal vici?

BERTA.— Quin mal vici?

SANTI.— Repetir l'última cosa que he dit /

BERTA.— Si ho repeteixo, deu ser perquè necessito dir-ho, sentir-ho en veu alta, que surti de la meva boca, i confirmar que és el que he sentit. Tant de bo ho repetís, m'aturessis i em diguessis:

SANTI o potser BERTA.— "No. No és cert. Això no ho he dit."

BERTA.— Tant de bo. Però fins ara, i t'asseguro que me'n faig creus, tot el que he repetit, i per tant he sentit, és exactament allò que ha sortit de la teva boca.

SANTI.— *(...)*

BERTA.— Parlar.

SANTI.— Sí, parlar.

BERTA.— No entenc per què no me n'has /

SANTI.— Necessitava... /

BERTA.— Necessitaves, què? Què, necessitaves?! /

SANTI.— No ho sé! No ho sé! Collons! Què passa?! Ho he de saber tot?! He de saber com reaccionar a cada segon?! Et penses que per a mi...?!

ALGÚ.— Hi ha una pausa. Llarga. Gairebé un silenci, però no ho és. Potser algun petit gest, una respiració... És com si es diguessin alguna cosa però sense paraules. El meu cap ressegueix l'expressió d'un i altra. Em miren com si em demanessin ajut. En Santi em posa la mà al cap. M'acaricia. M'ho sembla o...? Sí. Tens el pols disparat.

BERTA.— *(...)*

SANTI.— *(...)*

BERTA.— *(...)*

SANTI.— *(...)*

BERTA.— *(...)*

SANTI.— *(...)*

BERTA.— *(...)*

SANTI.— Ho sento...

BERTA.— *(...)*

SANTI.— *(...)*

BERTA.— *(...)*

ALGÚ.— La Berta sembla que... Què vols fer, Berta? Però no ho fa. No fa res. Per què no fas res?

SANTI.— Merda...

BERTA.— Jo també ho sento. Ho sento molt.

SANTI.— Perdona'm. /

BERTA.— Ell. Tot aquest temps... Una simple trucada. Tu i jo... a aquestes hores... Desgavellar-ho tot. Ja veus què ha aconseguit.

SANTI.— *(...)*

BERTA.— *(...)*

SANTI.— No entenc com no el vaig reconèixer. La seva veu... No la vaig reconèixer a l'instant, però no ha canviat.

ALGÚ.— Ei! Com estàs? Pensava que no et trobaria a casa. Com va?

SANTI.— Qui ets?

ALGÚ.— No em coneixes?

SANTI.— Qui ets?

> *Pausa.*

SANTI.— Hola?

> *Pausa.*

SANTI.— Hola?

> *Pausa.*

BERTA.— Per què no deia res?

SANTI.— No ho sé. Vaig pensar que era un amic de l'Adrià... A aquesta edat, de vegades... O potser algú que s'havia equivocat --- El telèfon --- El telèfon és com una arma --- Potser hi havia algun problema telefònic i, simplement, no em sentia. Hola? Qui ets?

ALGÚ.— Santi...

SANTI.— El meu nom. No va dubtar. No el va confondre sentir una veu que no fos la teva.

ALGÚ.— No em coneixes?

SANTI.— Jo no sabia amb qui parlava.

ALGÚ.— De debò?

SANTI.— Ell, sí. No era un error. Em buscava a mi i sabia que podia trobar-me aquí.

ALGÚ.— Soc jo. Com estàs?

SANTI.— Qui ets?

ALGÚ.— Soc jo, el Monstre.

Pausa.

BERTA.— Va dir... "el Monstre"?

SANTI.— Sí. Va dir aquesta paraula. El Monstre.

Pausa. Gairebé un silenci. Gairebé un silenci que pràcticament ho atura tot.

SANTI.— Crec que em vaig col·lapsar. Estava glaçat. Les mans fredes. Va aguantar aquell silenci... llarg. Terrible. Llavors... va riure.

BERTA.— Per què?

SANTI.— No ho sé.

BERTA.— Per què va riure? De què va riure? Què li podia fer riure?

SANTI.— No sé per què va riure --- de què --- què li podia fer riure --- Em va semblar que reia... Potser no ho va fer, però jo el vaig imaginar somrient, sense fer cap mena de soroll / Només sentia aquell silenci aquí al meu cap / Veia —és com si em tornés a venir ara— la seva cara somrient, com la darrera vegada que el vaig veure. Fa molts anys. Aquella matinada, al mig de la carretera /

ALGÚ.— Atura el cotxe.

SANTI.— *(...)*

ALGÚ.— Aquí.

SANTI.— Vaig aturar-lo i em va mirar fixament als ulls sense dir res.

ALGÚ.— En Santi, de vegades, obvia alguns detalls. Aquí, per exemple, hauria d'explicar que va aturar el cotxe, sí, el vaig mirar fixament als ulls sense dir res, sí, oh i tant... i li vaig fer un petó als llavis.

SANTI.— Llavors va obrir la porta, va baixar i va començar a caminar pel mig de la carretera. Aleshores vaig sortir del cotxe. On vas?

ALGÚ.— Encara se sent la remor dels homes corejant el seu nom. Ho sents? "Carla, Carla, Carla...!" Encara deuen dur-la en braços. Travessaré el bosc. Potser me'ls trobaré. Aniré tan lluny d'aquest lloc com sigui possible. Per què no deixes el cotxe aquí? --- Que se'l trobin abandonat. Vine amb mi.

SANTI.— On vols anar? Encara il·luminat pels fars, es va ajupir... Va agafar alguna cosa... No sé què va agafar... Es va girar i va somriure d'aquella manera /

ALGÚ.— *(Somriu o no)* De quina manera?

SANTI.— Vaig cridar el seu nom unes quantes vegades, però res.

ALGÚ.— També obvia que, en aquest precís instant, en Santi va dir alguna cosa més. Unes frases que, com jo, també es van perdre en la foscor i aleshores no va saber si les havia arribat a sentir o no...

SANTI.— Després, vaig posar en marxa el cotxe i vaig avançar lentament. S'havia fos en l'obscuritat per sempre més. Fins ara.

L'endemà al matí, quan... Tot allò... Terrible... Potser, en aquella trucada, no va riure i m'ho vaig imaginar. /

ALGÚ.— Ei! Hola? Santi?

SANTI.— Hola....

ALGÚ.— Com estàs? La Berta? I l'Adrià? Es diu Adrià, oi?

BERTA.— Com saps que en Santi i jo... Com saps el nom de l'Adrià? D'on ho has tret?

ALGÚ.— Li explicaràs, Berta, que ens hem trobat?

BERTA.— Què vols?

ALGÚ.— Veure't. Parlar.

BERTA.— Aquí em tens. Parla. No em fas por. Digues el que m'hagis de dir i ves-te'n.

ALGÚ.— La Berta, de vegades, no és que obviï alguns detalls. Hi ha coses que, simplement, ni les explica, com que ens vam veure fa uns dies, la mateixa setmana que vaig trucar a en Santi.

SANTI.— No sé com sabia el nom de l'Adrià... ni que tu i jo...

ALGÚ.— Sempre havia imaginat que acabaríeu junts.

BERTA.— Sí? Què t'ho feia pensar?

ALGÚ.— Era més gran que tu, Santi. Quants anys? Eren deu... o més? Més, no? L'Adrià ja deu ser... gran... Ja no és un adolescent... Un noi. Com nosaltres quan érem amics. Encara ho som. Som amics, no?

BERTA.— D'on va treure-ho... tot això?

SANTI.— Avui en dia... No és tan complicat accedir /

BERTA.— Accedir, a què? --- De què vau parlar? Has dit que volia parlar. Doncs parla!

ALGÚ.— A la sortida del poble, passades les dues rotondes... hi ha un bar... un bar de carretera. Hi paren camioners. Tràilers. La gent del poble, no. Mai. Només camioners. També conductors que es desvien de l'autopista. Per què s'hi deuen desviar? Alguns hi van a parar per error. Quina mena d'error? Però mai hi trobes gent del poble. Per què? En una de les parets de fora, s'hi enfila una passiflora. És una planta preciosa... La flor --- Saps de quina planta et parlo? Té una flor que no s'assembla a res. A res d'aquest món. Quedem? Quedem allà. Allà fora. Al costat de la planta. En diuen *la flor de la passió*. Es veu que té propietats ansiolítiques, sedants... hipnòtiques. Diuen. També. Fixa-t'hi: és la flor més bonica que hauràs vist mai. Vols quedar? Allà, sí. Al poble, no. Com ho tens demà passat, dimecres?

BERTA.— D'aquí a una estona començarà a clarejar. Serà... diumenge. Et va trucar dilluns / Gairebé una setmana, Santi. Per què no me n'has dit res fins ara?

SANTI.— *(...)*

BERTA.— Vas dir-li que no.

SANTI.— Sí...

BERTA.— Va insistir?

SANTI.— Insistir... En què?

BERTA.— En veure't.

SANTI.— No.

BERTA.— Espero que no hi torni. Que no et busqui. No ens busqui. Tampoc a mi.

SANTI.— Dimecres...

BERTA.— *(...)*

SANTI.— ... ens vam veure.

ALGÚ.— Aquí, novament, una pausa. Què penses, Berta? Per què t'estàs uns segons sense dir res? Per què no li has dit res de la nostra cita, dies abans?

BERTA.— Com que us vau veure?

SANTI.— Vam trobar-nos.

BERTA.— Has dit que li vas dir que no.

SANTI.— Sí.

BERTA.— Doncs...?

SANTI.— T'he dit que no... però sí.

BERTA.— Per això vas arribar tard.

SANTI.— Per això vaig arribar tard, sí.

BERTA.— Quan et vaig trucar... dimecres... M'havies dit que vindries a sopar... Aquella trucada tan estranya... /

SANTI.— Estranya?

BERTA.— ... eres amb ell?

SANTI.— No, no era amb ell.

BERTA.— *(...)*

SANTI.— Era de camí. M'acabava d'acomiadar d'ell. Em vas trucar. Després vaig trucar al meu pare per dir-li que no passaria per casa.

ALGÚ.— Em pensava que no voldries veure'm.

SANTI.— Em tens aquí.

BERTA.— Aquí em tens. Parla. No em fas por. Digues el que hagis de dir i ves-te'n.

ALGÚ.— Hola.

SANTI.— Hola.

BERTA.— Hola.

ALGÚ.— No sembla un dia d'hivern. Fa tan bo que ha de ser dolent i tot. Què li passa al temps?

SANTI.— Per què vas dir "el Monstre"?

ALGÚ.— Al poble em diuen així, no?

SANTI.— *(...)*

ALGÚ.— *(...)*

SANTI.— *(...)*

ALGÚ.— (...)

SANTI.— Sí.

ALGÚ.— Tu també m'anomenes així? I la Berta? Berta, m'anomenes "el Monstre"?

SANTI.— (...)

BERTA.— Ningú vol passar a la prosperitat com un monstre. Què hi fas aquí?

ALGÚ.— Ha crescut, el poble...

SANTI.— Hi has tornat?

ALGÚ.— No he deixat de fer-ho.

SANTI.— Què no has deixat de fer?

ALGÚ.— De passejar-hi. Pels voltants. L'he vist però no m'hi he acostat. Tu...

SANTI.— Jo?

BERTA.— Jo, què?

ALGÚ.— El més a prop que he estat del poble és amb tu. Aquí. Ara. Sempre. Al teu costat. El poble ha crescut...

BERTA.— (...)

SANTI.— El polígon que hi ha al costat de la primera rotonda, abans d'arribar a aquest lloc on m'has citat. Pot fer-ne la impressió, però no.

BERTA.— El poble no ha crescut.

SANTI.— Ha marxat molta gent.

BERTA.— El polígon ha crescut, però no hi ha feina. Només magatzems i locals buits.

SANTI.— La gent que s'ha quedat se'n va a treballar fora.

BERTA.— La gent només hi ve a dormir.

ALGÚ.— Van tancar la fàbrica.

SANTI.— Sí...

ALGÚ.— Del Borni.

BERTA.— Sí... Per sort, han fet una carretera nova /

ALGÚ.— La del Borni l'han convertit...

SANTI.— En un centre cívic.

ALGÚ.— Un centre cívic...

BERTA.— L'inauguren d'aquí a uns dies.

SANTI.— Han mantingut l'estructura i l'antiga xemeneia.

BERTA.— Ha quedat bonic.

SANTI.— *(...)*

ALGÚ.— *(...)*

SANTI.— *(...)*

ALGÚ.— *(...)*

BERTA.— Ara, amb la carretera nova, el poble està una mica més ben comunicat. Tothom ha d'anar a treballar fora.

SANTI.— Aquí només queden algunes botigues i quatre oficis mal comptats. Què és un poble on la gent només hi dorm?

ALGÚ.— Un dia, algú, quan li soni el despertador, s'adonarà que és l'últim habitant que hi queda. Només tindrà dues opcions: anar-se'n o tornar al llit i esperar que també li arribi l'hora. /

SANTI.— Mentre parlava, va agafar amb dos dits, el polze i l'índex, un insecte que hi havia damunt la taula.

ALGÚ.— Berta, acosta la teva cara a la meva.

SANTI.— El subjectava així, mentre aquella bestiola —no sé quin tipus d'insecte era, potser un escarabat amb ales— feia força amb tot el seu cos i intentava moure les potes i les ales per arrencar el vol —potser— i desempallegar-se'n.

ALGÚ.— I aquest somriure?

BERTA.— No he somrigut. Imaginacions teves. Què vols?

ALGÚ.— Ho saps.

BERTA.— Ets fatigós. No. No ho sé.

ALGÚ.— Et fa cosa fer-ho aquí, en un bar on només hi ha camioners?

SANTI.— M'havia apartat la mirada i tenia els ulls clavats en els moviments desesperats d'aquell pobre insecte.

ALGÚ.— Obre la boca, Berta.

BERTA.— Santi... Estalvia'm segons quins detalls d'aquest home.

ALGÚ.— S'hi dorm bé?

SANTI.— ... Què?

ALGÚ.— Al poble.

SANTI.— *(...)*

ALGÚ.— Dius que ara la gent només hi ve a dormir.

SANTI.— *(...)*

ALGÚ.— Com està?

SANTI.— Com està... qui?

ALGÚ.— Ella...

BERTA.— Si volies això, ja ho tens. No he deixat de pensar en tu en tots aquests anys.

ALGÚ.— No?

BERTA.— No sé per què ho he dit.

ALGÚ.— El teu alè...

BERTA.— Ja tens el que m'has demanat.

ALGÚ.— Fumes?

BERTA.— No.

ALGÚ.— Encara fumes.

BERTA.— T'equivoques.

ALGÚ.— Més suau. Potser... mentolat? Ho sap, ell?

BERTA.— No sé de què em parles.

ALGÚ.— D'amagat?

BERTA.— No. Fa anys que no. Ni ell ni jo. Saps? He tingut algun som-
ni tan real que m'ha semblat que ho tornava a fer. Al meu somni,
no hi passa res, només jo fumant. Consumint lentament el cigarro.
Inspirant i expirant el fum. És millor que qualsevol que m'he fumat
a la vida. De vegades, no n'hi ha prou amb la realitat. Quan em
desperto, al matí, fins i tot tinc la boca seca, com quan has estat
fumant tota la nit --- T'ho pots creure? --- T'equivoques amb el
meu alè. No he fumat. Si fumo és que estic somiant. Volies això,
no? El meu alè. Ja el tens. /

ALGÚ.— Espera... Puc fer-te un petó?

BERTA.— Endavant.

ALGÚ.— Ella no es mou. Enganxo la cintura al cantell de la taula
que ens separa i que podria segar-me l'estómac. No m'importa.
Estiro el coll fins arribar a la seva boca --- les nostres boques
es troben, les llengües s'entrellacen, ella tanca els ulls... Jo no.
No els tanco. Ningú ens observa però ens sentim observats. Per
qui? És com si ella estigués dreta, al costat de la taula, i observés
l'escena des de fora.

BERTA.— Què fas?

ALGÚ.— Un petó. Ja t'ho he dit.

BERTA.— No. Què fas ara?

ALGÚ.— He separat la meva boca de la seva. No deixo de mirar-la. Em poso el polze i l'índex dins la meva i n'extrec...

BERTA.— Què és?

ALGÚ.— Em deu haver entrat a través de la teva boca.

BERTA.— Què és?

ALGÚ.— El subjecto amb els dos dits i l'hi ensenyo.

BERTA.— Un insecte?

ALGÚ.— Quina mena d'insecte?

BERTA.— Un escarabat?

ALGÚ.— T'ho sembla?

BERTA.— Una panerola. Sí... No ho sé... Diria... Ho sembla, no?

SANTI.— Llavors va ajuntar encara una mica més els dits amb què subjectava aquell insecte. Una mica de líquid li va tacar la punta de les ungles. Quan semblava que anava a esclafar-lo...

BERTA.— Deixa'l anar.

SANTI.— Aquell escarabat amb ales —que potser no ho era, ves a saber què era— va aixecar el vol. Crec que va mantenir-se un instant fugaç, hipnòtic, suspès a l'aire, a l'altura dels nostres ulls i al centre de la separació que marcava la taula on estàvem asseguts. Vaig pensar que agonitzava. Potser revifava. No ho sé. Les nostres mirades es van quedar en aquest mateix punt fins que la bestiola va agafar embranzida i va desaparèixer. Aleshores les nostres mirades es van trobar de nou.

ALGÚ.— Com està?

SANTI.— ... Qui?

ALGÚ.— En Santi té el telèfon damunt la taula. Vibra. T'arriben missatges. Com està? Els missatges són seus. D'ella. La Berta. Sap que ets aquí amb mi? No contestes?

BERTA.— És impossible que això hagi sortit de la meva boca. Ara ves-te'n. Això de l'insecte em posa els pèls de punta. Per un moment m'ha semblat com si estigués dreta, al costat de la taula on estàveu asseguts, i observés l'escena sense que em veiéssiu. Et va parlar de mi?

SANTI.— Sí.

ALGÚ.— Com està?

SANTI.— Qui?

ALGÚ.— Ella... Tu estàs... /

SANTI.— Espero que no em diguis que estic igual.

ALGÚ.— No. No ho estàs. Has canviat. Des que ens hem trobat, no has deixat d'observar-me. Què passa?

SANTI.— Es va arremangar la màniga de la camisa fins a l'altura del colze.

ALGÚ.— És això el que vols? Vols tocar-me? Què passa? Et fa vergonya tocar la meva pell en un bar on només hi ha camioners?

SANTI.— Vaig passar els meus dits sobre la seva pell i se li van eriçar els pèls del braç.

BERTA.— Per què ho vas fer?

SANTI.— No ho sé. Va ser ell. Em va oferir el braç.

ALGÚ.— Ja està?

SANTI.— Em va venir una esgarrifança i els vaig apartar.

ALGÚ.— Què passa? Quant fa que no ens veiem?

SANTI.— No ho sé. Temps. Molt temps.

ALGÚ.— Per a tu han passat els anys. Jo, la mateixa cara. La mateixa veu. La mateixa pell. Ho acabes de comprovar. Per a mi no ha passat el temps.

SANTI.— Sí... No ha passat. Semblava irreal. Ell i jo. Jo davant seu.

ALGÚ.— Quant temps ha passat?

SANTI.— Vaig dir... "No ho sé."

ALGÚ.— No ho saps?

SANTI.— Sé perfectament el temps que ha passat. Més de vint anys. Jo soc un home que en té quaranta-quatre. Teníem pràcticament la mateixa edat. Però ell, davant meu, el mateix aspecte: la cara, la veu, la pell... Vaig tocar-lo. El cos i l'aparença de quan va anar-se'n del poble. Com pot ser? Em creus?

BERTA.— Tu dius que és veritat i jo et crec. Per què no hauria de fer-ho? Per què hauries d'enganyar-me?

ALGÚ.— Vols que em descordi la camisa, Berta?

BERTA.— M'hauria costat reconeixe't. T'has fet gran. Per a tu han passat tants anys com per a mi, però, en canvi, sembla que hagin estat el doble o fins i tot... Què t'ha passat? On eres?

ALGÚ.— M'he fet un tatuatge damunt el pit. Vols veure'l?

BERTA.— Descorda't la camisa. Ensenya-me'l.

SANTI.— Més desafiant que tornar a tenir-lo al davant... El seu aspecte... Aquesta joventut impertorbable.

ALGÚ.— Va haver-hi un temps que agafava la moto. Te'n recordes, Santi? Passava a recollir-te a casa teva. Pujaves a darrere. "Agafa't fort." Em posaves les mans a la cintura. Semblava que et fes vergonya. "Et dic que t'agafis fort." Anava a tota velocitat, de vegades un tros llarg pel carril contrari de l'antiga carretera. Ara tothom va per la nova. Ja no hi deu circular ningú per aquella. Encara hi circula algú? Qui ho fa? Per què? Allà ens vam veure per darrera vegada. Conduïes el cotxe del teu pare i vaig demanar-te que em deixessis allà. Recordes què va ser l'última cosa que em vas dir?

SANTI.— Què et vaig dir?

ALGÚ.— Ho has oblidat?

SANTI.— No ho recordo.

ALGÚ.— No pot ser que no ho recordis.

SANTI.— Vaig cridar el teu nom.

ALGÚ.— Saps que no em refereixo a això.

SANTI.— No sé què vols dir. Parla.

ALGÚ.— Ho saps.

SANTI.— M'ho dius o no?

ALGÚ.— No. No t'ho diré. De joves... En aquella mateixa carretera, moltes vegades, anàvem en moto a tota velocitat. No ens importava que poguéssim carregar-nos algú o que algú pogués venir de cara i envestir-nos. Era excitant. Pujàvem fins a dalt de la carena. Avui hi ha xalets per a *pijos*. Turistes. La gent d'aquí —has dit, ho has dit, oi?— ha hagut de marxar a treballar a fora. Abans, els xalets dels amos del poble. El poble té i ha tingut sempre amos. Ara, quatre *pijos* vinguts de fora per colonitzar-nos. El nostre poble... Quedant-se els millors terrenys i les millors cases per als quatre dies a l'any que hi passen. I, mentrestant, el poble agonitzant. L'heu regalat. Sempre regalant el millor. A nosaltres no ens agradaven els *pijos*. No ho som. No ho érem. No ho serem mai. En això no has canviat... O sí? Ets un *pijo*? Ho desitges? Ho has desitjat? Penses que t'hi has convertit? No ho seràs mai per molt que ho desitgis. La Berta tampoc no és una *pija*. També treballava a la fàbrica. Ella sap bé què vol dir deixar-se vuit hores —la vida, deixar-hi la vida— entre el... batzegar... violent... dels telers. Com les nostres mares. El filat fa temps que se'n va anar a la merda. I ara, què queda? Allà dalt... a la carena, vull dir... Obríem unes cerveses. Somiàvem en veu alta. Coses simples. De fills de treballadors. Segons qui... Si algú ens hagués sentit... Ridícules. Potser. Rèiem. Crèiem que la felicitat era això. Encara ho creus?

SANTI.— *(...)*

ALGÚ.— Podria ben ser-ho. La felicitat podria ser... Ets feliç?

SANTI.— *(...)*

ALGÚ.— Les mans et tremolen. Em deixes que t'hi posi les meves al damunt?

SANTI.— *(...)*

ALGÚ.— Et fa cosa que posi les meves mans damunt les teves en un bar on només hi ha camioners?

SANTI.— *(...)*

ALGÚ.— Què et passa?

SANTI.— Què vols...

BERTA.— ... que em passi?

ALGÚ.— Tremoles?

SANTI.— No...

BERTA.— No...

ALGÚ.— Plores?

BERTA.— M'has dit que ho faries.

SANTI.— Pots fer-ho.

BERTA.— Descorda't la camisa.

SANTI.— Posa les teves mans damunt les meves.

BERTA.— Ensenya-m'ho.

ALGÚ.— De tornada, et deixava conduir la moto. "La vols portar? Va... Agafa-la." No anaves gaire ràpid. Et devia fer por. Et feia por? Què et feia por? Què et fa por? Semblava que el perill era cosa meva. Com si me'l deixessis a mi. Com que no corries gaire, no m'agafava i estirava els braços. En alguna ocasió, et posava les mans aquí dalt, a l'altura de les costelles. Em semblava sentir-hi ressonar els batecs del teu cor i creia que allò volia dir que eres feliç al meu costat. I jo al teu. De vegades, m'acostava a la teva orella i et deia...

SANTI o potser ALGÚ.— "Accelera."

ALGÚ.— Llavors, donaves gas.

SANTI o potser ALGÚ.— "Per què no acceleres més?"

ALGÚ.— Agafaves velocitat. Embranzida.

SANTI o potser ALGÚ.— "No et vindria de gust que ens estavelléssim?"

Pausa.

ALGÚ.— Et devies acoquinar. Afluixaves. Jo fantasiejava amb la idea d'estavellar-nos. Amb l'impacte. No el dels nostres cossos contra l'asfalt o una roca. L'impacte que tindria al poble, quan a primera hora algú comencés a fer córrer *la desgràcia* i s'estengués com la pólvora que havien trobat la moto i els nostres cossos, joves, bonics, lliures... rebentats i escampats en mil bocins a la carretera. Com va ser el matí després d'anar-me'n, quan van començar a fer córrer *la desgràcia*? L'altra desgràcia. La de debò. La que va passar. La del dia que vaig marxar. Explica-m'ho. No escatimis cap detall. No sé si te'n deus recordar, d'això que et deia: tu i jo a la moto. Enmig de la teva intermitent *indeterminació*, aquell accelerar i desaccelerar, un dia et vaig dir:

ALGÚ o potser SANTI.— "Saps què m'agradaria fer demà? M'agradaria exterminar tots els homes del poble abans que es despertin i les seves dones hagin tornat a casa de treballar."

ALGÚ.— Vas reduir la velocitat.

ALGÚ o potser SANTI.— "Això... o aixecar-me d'hora i anar a un
altre poble a fer-me un tatuatge. Voldria tatuar-me un ocell blau
al pit, just sobre el cor... un ocell blau que, a les ales, hi porti
escrit 'Berta'. Quan el cor em bategui fort semblarà que les ales
es belluguin i que un ocell surti volant del meu pit."

ALGÚ.— Després de dir-te això vas tornar accelerar. Crec que jo
estava excitat. Ho devies notar. Vas notar-ho? Crec que tu també
ho estaves. Ho estaves? I ara? Ho estàs? Te'n recordes?

SANTI.— No...

ALGÚ.— No?

SANTI.— No.

ALGÚ.— M'ha semblat, mentre t'ho explicava, que sí. Que recorda-
ves amb exactitud cada una de les paraules. Que passaven pel teu
cap, gairebé pels teus llavis, abans que jo les digués.

SANTI.— Doncs no.

ALGÚ.— Així, què...?

BERTA.— El miro després de tant temps...

ALGÚ.— T'agrada?

BERTA.— El pit d'un vell. No pensava que tu...

ALGÚ.— Què?

BERTA.— Envelliries. Com jo. Com els altres. Com tothom.

ALGÚ.— Em veus així, vell, i penses que potser no t'has adonat que tu també has envellit més del que imaginaves.

BERTA.— La teva desaparició et feia eternament jove. El teu retorn evidencia el pas del temps. El mal en tots nosaltres. /

ALGÚ.— El tatuatge...

BERTA.— Puc tocar-lo?

ALGÚ.— És clar.

BERTA.— Sembla que hagi de sortir volant.

ALGÚ.— Ara... Aquí... Amb tu... Al meu costat... El cor em batega molt fort.

BERTA.— Ho noto.

ALGÚ.— Què et passa?

BERTA.— Crec que em posaré a plorar.

ALGÚ.— Per què?

BERTA.— *(...)*

ALGÚ.— *(...)*

BERTA.— *(...)*

ALGÚ.— Què passa? Ei...

BERTA.— El batec tan ferotge...

ALGÚ.— Per què apartes la mà?

BERTA.— Tinc por...

ALGÚ.— De què?

BERTA.— ... que m'esclati al palmell i me'l taqui per sempre.

ALGÚ.— Te n'ha parlat mai, en Santi?

BERTA.— De què?

ALGÚ.— Del tatuatge.

BERTA.— No.

ALGÚ.— Un dia vaig dir-li que me'l faria. També que volia que, a les ales, hi hagués escrit el teu nom.

BERTA.— Això vas fer?

ALGÚ.— Anàvem amb moto. Érem joves.

BERTA.— No me n'ha parlat mai.

ALGÚ.— Li has parlat de nosaltres?

BERTA.— Sí.

ALGÚ.— Sí?

BERTA.— Sí. És clar.

ALGÚ.— No m'ho esperava.

BERTA.— No. No n'hi he parlat.

ALGÚ.— Mai?

BERTA.— Mai.

ALGÚ.— Ja... Ho faràs?

BERTA.— Ho hauria de fer?

ALGÚ.— El dia... Jo només era un nen...

BERTA.— Quin dia?

ALGÚ.— Els homes del poble et portaven a les espatlles i amb els braços feien volar el teu cos mentre corejaven el teu nom...

ALGÚ o potser SANTI, *o fins i tot, potser,* BERTA.— "Berta... Berta... Berta..."

ALGÚ.— La teva cabellera com un llençol espolsant-se al vent... Aquell dia, tot i que només era una criatura, vaig saber que et desitjava.

BERTA.— És bonic això que dius.

ALGÚ.— T'ho sembla?

BERTA.— Molt.

ALGÚ.— Vaig acostar la meva boca a l'orella d'en Santi i li vaig xiuxiuejar: "Vull una dona així."

BERTA.— Això vas fer?

ALGÚ.— Així no ho recordes? Tampoc si estaves excitat?

SANTI.— No. No ho recordo.

ALGÚ.— No...?

SANTI.— Segur.

ALGÚ.— Per com vas reaccionar...

SANTI.— Com vaig reaccionar?

ALGÚ.— Primer, reduint la velocitat. Després, accelerant...

SANTI.— Et referies a això...

ALGÚ.— A què volies que fos?

SANTI.— *(...)*

ALGÚ.— Vaig interpretar que volies que seguís viu per poder exterminar els homes d'aquest poble... però, en canvi, que ens estavelléssim perquè no em tatués un ocell blau sobre el pit que a les ales /

SANTI.— Per què el seu nom?

ALGÚ.— Era això el que volies?

SANTI.— *(...)*

ALGÚ.— Ara, quan hi penses, creus que ens hauríem d'haver estampat contra una roca?

Pausa.

SANTI.— No sé de què em parles. No recordo res.

BERTA.— Et va veure algú? Amb ell...

SANTI.— No...

BERTA.— Ja saps...

SANTI.— *(...)*

BERTA.— ... aquí...

SANTI.— *(...)*

BERTA.— ... ningú entendria...

SANTI.— Ens hauríem d'haver estavellat.

    Pausa.

BERTA.— Què vols dir?

SANTI.— Res.

BERTA.— Estavellat, qui?

SANTI.— *(...)*

BERTA.— "Ens hauríem." Ho has dit.

SANTI.— Agafava la moto, de jove. De vegades hi anàvem junts. S'hauria d'haver estavellat. Potser jo amb ell.

ALGÚ.— Per què has quedat amb mi?

SANTI.— Em vas trucar. Em vas dir que em volies veure. Vas ser el meu amic. Vam ser amics. Per què hauria de negar trobar-me amb qui va ser el meu amic?

ALGÚ.— Ja no ho som? Amics, vull dir.

SANTI.— Fa molts anys que no ens veiem. Ha passat molt temps... Massa coses.

ALGÚ.— Quan parles de mi /

SANTI.— Evito parlar de tu. Ningú acostuma a parlar de tu. Ningú vol parlar de tu.

BERTA.— Hauríem de deixar de parlar d'ell. L'hauríem d'haver desterrat de les nostres vides.

ALGÚ.— En el cas que ho fessis...

SANTI.— No ho faig.

ALGÚ.— Com m'anomenaries?

SANTI.— *(...)*

ALGÚ.— El Monstre? El meu amic? Creus que l'amistat és el vincle més noble?

SANTI.— *(...)*

ALGÚ.— *(...)*

SANTI.— *(...)*

ALGÚ.— *(...)*

SANTI.— *(...)*

ALGÚ.— Ho deies /

SANTI o potser ALGÚ.— "L'amistat és el vincle més noble."

ALGÚ.— És noble ser amic meu?

SANTI.— *(...)*

ALGÚ.— El teu pare...

SANTI.— El meu pare, què?

ALGÚ.— Com està?

SANTI.— Per què em parles del meu pare?

ALGÚ.— Encara vius amb ell.

SANTI.— Com ho saps?

ALGÚ.— Entre casa teva, amb el teu pare, i casa la Berta... no?

SANTI.— Sí.

ALGÚ.— Ell no hi treballava, o sí?

SANTI.— On?

ALGÚ.— A la fàbrica.

SANTI.— Tenia la seva feina, però hi feia hores.

ALGÚ.— Això, hores... Ho troba a faltar? La feina. Fer hores a la fàbrica.

SANTI.— S'hi ha resignat.

ALGÚ.— Deies que no sabia fer altra cosa que treballar.

SANTI.— Es va jubilar. Ja no hi pensa.

ALGÚ.— No? Has dit que s'hi ha resignat.

SANTI.— Està bé, així.

ALGÚ.— Nostàlgia. D'això parlo. La seva feina, sí. Fer unes hores. Com altres homes del poble. A la fàbrica. Ja ho saps. Això que hagin transformat la fàbrica --- T'hi portes bé, ara?

SANTI.— Ara? Què vols dir?

ALGÚ.— Encara és un home violent?

SANTI.— Violent... D'on ho has tret això?

ALGÚ.— Deies...

SANTI o potser ALGÚ.— "El meu pare és un home violent. Qualsevol dia m'escaparé de casa."

ALGÚ.— Ho deies.

SANTI.— Se suposa que deia això? No. Ja hi tornes. També t'ho inventes.

ALGÚ.— No m'ho invento.

SANTI.— Et confons i em vols confondre. Com això de presentarte aquí, amb aquest aspecte. El meu pare no és violent. No ho ha estat mai.

ALGÚ.— Recordes què em vas dir abans que em veiessis per última vegada?

SANTI.— No, no ho recordo.

ALGÚ.— Abans que em perdés en la foscor i cridessis el meu nom.

SANTI.— Potser deia que tenia caràcter. Sempre n'ha tingut. Ara és un home vell. Es val per si mateix, però em necessita.

ALGÚ.— Caràcter... Tu el necessites?

Pausa.

SANTI.— És el meu pare. Em necessita. Jo, el seu fill.

ALGÚ.— Ah... És això...

SANTI o potser ALGÚ.— "Sort que la mare es va morir aviat. Va tenir mala sort a la vida. Va patir. Encara hauria patit més al costat del meu pare."

ALGÚ.— "Sort."

SANTI.— També se suposa que ho vaig dir jo?

ALGÚ.— Una matinada, el teu pare la va trobar deambulant en una carretera. Deien.

SANTI o potser ALGÚ.— Com qui troba un gos perdut i el carrega.

ALGÚ.— Explicaven.

SANTI o potser ALGÚ.— La va portar al poble. Així va arribar-hi.

ALGÚ.— Va anar així, oi?

SANTI o potser ALGÚ.— La va encadenar a ell i a la fàbrica, on va trobar-li una feina. Li va fer un fill.

ALGÚ.— Tu.

SANTI.— *(...)*

ALGÚ.— Érem nens. M'ho vas explicar tu. Li deien "l'Arreplega-da", a la teva mare. Ho murmuraven d'amagat vostre. Tampoc no era un secret. Ell, el teu pare, també l'anomenava així. Saps que li deien "l'Arreplegada"? --- És clar que ho saps --- Tu m'ho vas dir --- Tothom ho sabia. Ho deia davant vostre.

ALGÚ o potser SANTI.— "Els homes del poble els posen aquest tipus de noms: la Recollida, l'Estranya, l'Estrangera, la Curta, l'Esguerrada, la Fresca, la que gira la vista... No ha fet res que no hagi vist fer abans als altres: arreplegar una dona; deixar que el poble li posi un malnom; trobar-li una feina a la fàbrica, si no l'han treta d'allà, on es deixen la vida per guanyar-se un jornal; i acabar-la d'encadenar per sempre amb un o diversos fills. Alguns homes les tracten pitjor que un animal."

Pausa.

SANTI.— Aquestes paraules no han sortit mai de la meva boca.

ALGÚ.— I tant.

SANTI.— Mai.

ALGÚ.— També que odiaves aquest lloc. Encara l'odies?

SANTI.— Sempre m'he estimat aquest lloc.

ALGÚ.— El meu pare no era diferent del teu. Ja ho saps. Potser pitjor i tot. Tampoc que els altres homes. Eren amics, el teu pare i el meu. Com tu i jo. Tots els homes d'aquest poble són amics, encara que desconfïïn els uns dels altres. Sobretot quan hi ha dones pel mig. La meva mare era com la teva. També com les altres mares. La teva mare es va morir jove.

SANTI.— Per què rius, fill de puta? Per què has rigut?

ALGÚ.— Morta...

SANTI.— No hi tornis! Sí, morta. Què et fa riure? Para!

ALGÚ.— La meva... va decidir-ho. Ho saps. Ho sap tothom. Mort natural. Van dir. Però no. Tu i jo érem iguals. Els nostres pares. Les nostres mares. Per això ens vam fer amics. Encara ho som?

SANTI.— Tu i jo no som iguals.

ALGÚ.— Ell deia que l'havia salvat i ella, en algun moment, devia pensar que havia fet sort. Que havia trobat algú, un lloc on refugiar-se.

SANTI.— De qui parles?

ALGÚ.— Va fer sort? Tu, en canvi, deies que sort que va morir jove. Sort, oi? Que tu, a la mínima que poguessis...

SANTI o potser ALGÚ.— "Me n'escaparé. Moltes nits m'acosto a l'habitació del meu pare. Dorm. L'observo de la porta estant. Abans d'escapar-me, entraré a la seva habitació, a les fosques, i agafaré l'escopeta que té darrere la porta."

ALGÚ.— Tots els homes del poble tenen una escopeta darrere la porta de l'habitació. N'hi ha pocs que cacin. Per defensar-se si algú entrés a casa seva. Viure amb un pare que té una escopeta darrere la porta de l'habitació. Tu i jo sabem què significa això. Tots els nens ho sabíem. Totes les famílies ho saben.

SANTI o potser ALGÚ.— "Potser amb les meves pròpies mans."

ALGÚ.— Això vas dir.

SANTI.— No...

ALGÚ.— Com que no?

SANTI o potser ALGÚ.— "No. Amb les meves pròpies mans, no. L'escopeta. Millor. Tant de bo que en el darrer instant abans de rebentar-li el cap, obri els ulls i vegi el seu fill, il·luminat per la claror que s'escola per la finestra, apuntant-lo /

ALGÚ.— ... que aquesta...

SANTI o potser ALGÚ.— ... pare... /

ALGÚ.— sigui l'última imatge que t'enduguis de camí a l'infern."

SANTI.— Ets...

ALGÚ.— Què?

SANTI.— Monstruós.

ALGÚ.— Monstruós?!

SANTI.— Et fa gràcia? --- Jo mai he dit —diria— una cosa /

ALGÚ.— T'has quedat. En parles bé. Dius que et necessita. Per què no te n'has escapat?

SANTI.— *(...)*

ALGÚ.— N'has sabut mai més res?

SANTI.— De qui?

ALGÚ.— De la teva mare.

SANTI.— És morta.

ALGÚ.— Em vas dir que se n'havia anat. /

SANTI.— T'ho inventes. Tot. Altre cop.

ALGÚ.— No.

SANTI.— No sé de què em parles...

ALGÚ.— No n'has sabut mai més res?

SANTI.— Potser vaig dir que m'hauria agradat que se n'anés abans de perdre-la per sempre. Un nen pot dir que la seva mare se n'ha anat perquè no ho accepta. Un nen —tampoc un home, per més gran que sigui— no accepta la mort de la mare.

ALGÚ.— Vas dir...

SANTI.— Deixa de dir coses que no han sortit mai d'aquesta boca!

ALGÚ.— Vas dir-ho.

SANTI o potser ALGÚ.— "No és morta. Se'n va anar."

ALGÚ.— Vas dir:

ALGÚ o potser SANTI: "Guarda'm el secret."

SANTI.— Menteixes. Vols confondre'm. Altre cop.

ALGÚ.— Va passar.

SANTI.— Quan?

ALGÚ.— En el passat.

SANTI.— Quin passat?!

ALGÚ.— El nostre. Quan érem amics. Incondicionalment. Un ideal d'amistat. Una amistat noble. Quan dèiem, crèiem, presumíem de ser, pràcticament, la mateixa persona. Tu i jo en el nostre /

SANTI.— Nostre? De quin passat parles?

ALGÚ.— Del que va passar. Del que em vas dir que va passar. /

SANTI.— El passat és allò que recordes, allò que imagines que recordes, allò que et convences que recordes, o allò que fas veure que recordes. Allò que pretens fer-me creure i recordar. El teu passat. No el meu.

ALGÚ.— Va passar.

SANTI.— Mai! Això no va passar mai. Mai va passar res. No va passar ni tan sols quan estava passant!

ALGÚ.— Parleu molt, amb el teu pare? *(Pausa.)* Digues... Parleu?

SANTI.— Visc amb ell.

ALGÚ.— Parleu molt?

SANTI.— Sempre ha estat un home de poques paraules.

ALGÚ.— No et pregunto si és de moltes o poques paraules.

SANTI.— És difícil parlar amb un home de poques paraules.

ALGÚ.— Parleu de la teva mare?

SANTI.— Vols fer el favor de callar!

Pausa.

ALGÚ.— En Santi aixeca la veu una mica més del compte. Alguns homes de les altres taules l'observen però no en fan gaire cas. Aquí, que un home cridi tampoc sobta a ningú. De tot això del seu pare i la seva mare, en Santi tampoc n'ha parlat amb la Berta. No acostuma a parlar-ne. Per què, Santi? N'hi parlaràs? La Berta...

BERTA.— Jo què?

ALGÚ.— Com està?

SANTI.— Ja t'ho he dit. Bé.

ALGÚ.— *(Corejant endins, cap a si mateix.)* Berta... Berta... Berta...

SANTI.— Què fas?

BERTA.— Per què coreges el meu nom?

ALGÚ.— La Berta és preciosa. Abans i ara. Han passat els anys, però manté aquesta... bellesa... hipnòtica. No... hipnòtica, no. Devastadora.

BERTA.— Devastadora...

SANTI.— *(...)*

BERTA.— Va fer servir aquesta paraula?

SANTI.— Sí... Què et fa riure?

BERTA.— Què volia dir?

SANTI.— Enredar. Enredar-nos. Això vol. /

BERTA.— No em fa riure. Per què m'hauria de fer riure? No. No he rigut.

ALGÚ.— A la fàbrica, els últims dies de primavera triaven la noia més bonica. Ho recordes?

SANTI.— És clar que ho recordo...

ALGÚ.— Els nois, joves, vigorosos, pujaven l'escollida a collibè, s'ajuntaven i, amb els seus braços fornits, la llançaven enlaire victorejant els seu nom mentre ella reia i els seus cabells llargs —les escollides sempre tenien cabelleres llargues— feien moviments ondulants com els d'un llençol espolsant-se al vent... La Berta... *(Pausa.)* Et semblava bonica?

SANTI.— Què?

ALGÚ.— Aquesta celebració.

SANTI.— *(...)*

ALGÚ.— Deien que no hi havia cosa més bonica. Treien de la fàbrica l'escollida i, al carrer, s'hi anaven ajuntant tots —o pràcticament tots— els homes del poble. De totes les edats. També els nostres pares. El teu també hi era? És clar que ho recordes. Hi era. La Berta... Va ser a les seves espatlles, enlairada pels braços de tots els homes. L'escollida. Érem nens. Criatures. Ho guaitàvem. Te'n recordes? És clar que ho recordes.

ALGÚ o potser SANTI.— "Vull una dona així."

ALGÚ.— T'ho vaig dir a cau d'orella. Ja t'havies fixat en ella o vaig ser jo que vaig fer que t'hi fixessis? T'hi hauries fixat si no t'ho hagués dit? Si no l'haguessin triada?

SANTI.— *(...)*

ALGÚ.— Carregaven l'escollida i la podien mantenir així durant hores, subjectada, en moviment, enlairada i sense tocar al terra mentre la treien de la fàbrica i la passejaven per tots els carrers i racons del poble, i fins més allà, on arribessin, al camp o al bosc. Fins a no poder més. Fins a perdre el coneixement. L'escollida, o els homes. El repte, tenir-la el màxim de temps sense tocar el terra, fins que se'ls acabessin les forces.

BERTA.— Només eres un nen. Jo, una dona adulta. Em vas desitjar.

ALGÚ.— El desig de tots aquells homes, vibrant i sorollós, com un teler, em va excitar. Ja t'hi havies fixat o vaig ser jo que vaig provocar-ho?

SANTI.— Tu. De nen. De més gran que et volguessis tatuar un ocell al pit.

ALGÚ.— Ja s'havia fet de nit. Se sentia la remor dels homes encara corejant el teu nom.

ALGÚ o potser SANTI.— "Berta... Berta... Berta..."

ALGÚ.— Jo era al carrer. Sol. Al poble, a ningú li preocupava un nen sol a altes hores de la nit. Era molt tard. Tornaves a casa. Gairebé no t'aguantaves dreta. La roba i els cabells desmanegats. Els braços i les cames plens de blaus. Al llavi, un fil de sang. Em vaig acostar a tu. T'arribava a la cintura.

ALGÚ o potser SANTI.— "Ets la noia més bonica del poble."

BERTA.— Què hi fas a aquestes hores aquí, tot sol?

ALGÚ.— Jugo. La veu et tremolava.

BERTA.— Hauries de ser a casa.

ALGÚ.— Què t'han fet?

BERTA.— M'han triat.

ALGÚ.— Estàs contenta?

BERTA.— Soc l'escollida.

ALGÚ.— Fins on t'han portat?

BERTA.— No ho sé...

ALGÚ.— No ho saps?

BERTA.— Lluny.

ALGÚ.— Molt lluny?

BERTA.— Bosc endins.

ALGÚ.— Fa estona que he sentit els homes que tornaven...

BERTA.— Molta?

ALGÚ.— Quanta estona t'han tingut sense tocar a terra?

BERTA.— Fins a no poder més.

ALGÚ.— Voldria... Aleshores et vas ajupir, a la meva alçada de nen...

BERTA.— Què vols?

ALGÚ.— Et vaig fer un petó als llavis. Vaig enganxar-hi la boca, com un vampir, i vaig xuclar el fil de sang que hi tenies.

BERTA.— Què fas? Per què ho has fet? Ves a casa teva.

ALGÚ.— No hi ha ningú a casa. El meu pare també era al bosc?

BERTA.— Hi eren tots els homes del poble.

ALGÚ.— Ha aconseguit ser una dona feliç?

SANTI.— Què vols dir?

ALGÚ.— Ho has aconseguit?

BERTA.— Sí.

ALGÚ.— La Berta es mereixeria ser feliç.

SANTI.— S'ho mereix.

ALGÚ.— T'ho mereixes. Així, ho has aconseguit?

BERTA.— Tinc un fill... En Santi... La casa... Ara també una feina que... Es pot saber de què rius?

ALGÚ.— Que et parli de la felicitat i m'enumeris el que posseeixes. Allò que penses que has aconseguit. El que té o aspira a tenir tothom d'aquest poble.

BERTA.— Tenir-te lluny. Això ens faria feliços.

ALGÚ.— *(...)*

BERTA.— Et fa gràcia...? *(Pausa.)* També te'n farà saber que tenim una cosa que no té ningú més...

ALGÚ.— Sí? Quina?

BERTA.— Una guilla.

ALGÚ.— *(...)*

BERTA.— La va recollir en Santi a l'antiga carretera. L'hem feta passar per un gos. Com si l'haguéssim disfressat. Li vam posar un collar. Amb això n'hi ha hagut prou. Fa riure. La gent d'aquest poble... és tan estúpida... No hem hagut de fer gaire esforços. Tothom s'ho ha cregut. Fins i tot, potser, ens ho hem arribat a creure nosaltres. De vegades...

ALGÚ.— Què?

BERTA.— De nit... potser somnàmbula, o perfectament conscient, m'aixeco del llit i la vaig a buscar. M'espera. Poso la mà dins d'un gerro. Agafo un paquet de cigarros i un encenedor que hi ha amagat al fons. Després li trec el collar i obro la porta que dona al carrer. Surt. Jo, des de l'entrada, em fumo un cigarro. Soc jo però no ben bé. Una altra. Si fumo, senyal que... Sí, oi? Dec estar somiant. Veig com desapareix en l'obscuritat. La seva figura gairebé s'ha fos, però encara puc veure-la. Saltant a altres patis i, fins i tot, escolant-se a l'interior d'algunes cases. Jo, abans de sortir, me li he acostat a l'orella. L'animo. Instruccions precises. En algunes cases apareixen gallines mortes. També altres animals domèstics. Alguns, malferits. Deuen intentar defensar-se'n. M'agradaria assistir a aquesta batalla. Al matí, el poble en va ple. Es lamenten. Diuen que hi ha una guilla que deu haver perdut la por d'entrar al poble. Alguns han reforçat les tanques del jardí. Ja hi poden posar trampes o obstacles. Jo li aniré obrint la porta. Li parlaré a cau d'orella. Hi tornarà. Jo, quan s'ha perdut en l'obscuritat, sense abandonar el seu collar, torno a l'habitació, em poso damunt en Santi i em moc. M'agrada notar com el seu cos mig endormiscat es desvetlla dins del meu. S'excita molt, acaba ràpid i torna a dormir. Al matí em comporto amb una naturalitat que el desconcerta. Fins i tot jo em desconcerto a mi mateixa. També em desconcerta la nostra guilla, que es comporta com un gos. M'agrada que dubti, que no tingui clar si hem fet l'amor o ho ha somiat. Jo no li dic res. Sovint, quan ell descarrega, aquesta guilla, que hem fet passar per un gos, entra de nou. Jo li he deixat la porta ajustada. Sap què ha de fer. L'empeny amb el morro per entrar i, després, la tanca. Puja a l'habitació, es llança damunt el llit i ens llepa la pell... la suor... també... Algun matí m'he trobat la pell tacada. Vol dir que quan va arribar, la sang de les seves preses encara bategava calenta per la seva boca... Jo, mig endormiscada, li torno a posar el collar. No oposa resistència. A casa, quan venen visites, ningú sospita res. Té aquesta expressió feréstega, d'animal silvestre i barrejat, però és manyaga i càndida. Una vegada... va atacar / va intentar mossegar el fill d'una visita. Una d'aquestes criatures insuportables --- Els fills, pobrets, no en tenen cap culpa, són com els seus pares. Després de fer-ho, es va llançar tremolosa als meus braços. Jo em vaig mostrar perplexa per aquell gest violent, impropi, inesperat, del nostre "gos". "Es deu haver espantat. No ho fa mai. Li has fet alguna cosa que el pot haver molestat o posat nerviós?", vaig preguntar-li a aquella criatura espantosa mentre amanyagava la nostra guilla, disfressada de gos, que va saber, per com la tocava, que me'n sentia orgullosa.

ALGÚ.— L'Adrià...

SANTI.— Què passa amb l'Adrià?

BERTA.— Com saps el seu nom?

ALGÚ.— Ja és un noi.

SANTI.— Sí...

BERTA.— Quan l'has vist?

ALGÚ.— M'agradaria veure'l. /

BERTA.— No t'hi acostis. Per què rius? Què volia saber de l'Adrià?

ALGÚ.— S'assembla a la Berta?

SANTI.— Els gestos. Com es mou. Fins i tot com parla. Se li assembla. És ben bé com ella.

ALGÚ.— I a tu?

SANTI.— Jo, què?

ALGÚ.— Se t'assembla?

SANTI.— És fill de la Berta. L'Adrià no és fill meu.

ALGÚ.— Ja ho sé que no és fill teu, però... se t'assembla?

SANTI.— Massa.

ALGÚ.— *(...)*

SANTI.— Sí. Trobo que se m'assembla. Se m'assembla molt. De fet, crec que s'assembla més a mi que a la Berta.

ALGÚ.— T'agrada que s'assembli a tu?

SANTI.— No.

ALGÚ.— Per què?

SANTI.— M'aterreix

BERTA.— No és fill teu.

ALGÚ.— Per què em dius que no és fill meu?

BERTA.— Per si ho pensaves.

ALGÚ.— Podria ser... però no. Mai ho he pensat. Sé que no és fill meu. Per què t'aterreix?

SANTI.— Que s'assembli a mi. Al meu pare. Al teu pare. A l'encarregat de la fàbrica. Que s'assembli a qualsevol i a tots els homes d'aquest poble.

BERTA.— Un turista. Crec. Potser... nòrdic. O de l'est. Tampoc no me'n recordo. Fins i tot se me n'ha esborrat la cara. Era un noi força guapo, d'això sí que me'n recordo. Com un animal salvatge. Jo anava en cotxe. Ell feia autoestop. El vaig carregar. Va anar així.

ALGÚ.— No hauries de deixar pujar un desconegut al cotxe. Tampoc no hauries de pujar al cotxe d'un desconegut. Encara hi ha molta gent fent autoestop per aquestes carreteres? Encara fas autoestop?

BERTA.— Ja no. Normalment joves. Encara no tenen carnet. Van d'un poble al del costat fent dit. Per escapar-se del seu. Suposo. De festa. Per treballar. No em fa por carregar algú. Aquí ens coneixem tots.

ALGÚ.— Has dit un turista.

BERTA.— Un turista, sí.

ALGÚ.— No era algú del poble. De la comarca.

BERTA.— No.

ALGÚ.— Segur?

BERTA.— *(...)*

ALGÚ.— *(...)*

BERTA.— *(...)*

ALGÚ.— *(...)*

BERTA.— *(...)*

ALGÚ.— Atractiu?

BERTA.— Atractiu, sí.

ALGÚ.— Més jove que tu?

BERTA.— Jo en devia tenir trenta i pocs. Ell vorejava els vint.

ALGÚ.— Has dit que no recordaves... T'ho inventes?

BERTA.— Per què hauria de fer-ho? Podries haver estat tu, però no. Podria haver estat qualsevol del poble. De la comarca. Tampoc. Un turista. Algú de fora. Un desconegut.

ALGÚ.— Un turista.

BERTA.— Per què rius, fill de la grandíssima /

ALGÚ.— Quant fa que estàs amb la Berta?

SANTI.— Cinc anys.

ALGÚ.— Només?

SANTI.— Sí. Només cinc anys.

ALGÚ.— Ella a casa seva, amb l'Adrià. Tu, amb el teu pare.

SANTI.— Molts dies dormo a casa seva. Caps de setmana. També alguns entre setmana. Cadascú a casa seva, però com si visquéssim junts.

ALGÚ.— Al poble ho saben?

SANTI.— No ho anem pregonant. Tampoc ho amaguem.

ALGÚ.— Al poble sempre la van tractar com /

SANTI.— Com què?

ALGÚ.— Quan va ser l'escollida... El teu pare també devia carregar-la --- El meu també --- Quan mori el teu pare —quina edat té ara el teu pare?—, faràs un pensament?

SANTI.— Com la van tractar?

ALGÚ.— No ho saps? Què en pensa, ell?

SANTI.— A ell... li agrada la Berta.

ALGÚ.— I l'Adrià? És afectuós amb ell?

SANTI.— (...)

ALGÚ.— (...)

SANTI.— (...)

ALGÚ.— (...)

SANTI.— (...)

ALGÚ.— Les nits que no dorms a casa teva, on li dius que vas, al teu pare?

SANTI.— El meu pare no em pregunta /

ALGÚ.— Ho sap? A ella...

SANTI.— Què?

ALGÚ.— ... la respectaria? --- Està bé de salut?

SANTI.— Respectar? --- Què vols dir, respectar?

ALGÚ.— El teu pare, de salut.

SANTI.— Vell però fort com un roure.

ALGÚ.— Tu...

SANTI.— "Respectar", què volies dir?

BERTA.— Jo?

SANTI.— Jo, què?

ALGÚ.— Us veureu, avui?

SANTI.— Després...

BERTA.— Soparem junts.

ALGÚ.— On?

BERTA.— A casa.

ALGÚ.— De qui?

SANTI.— Seva.

ALGÚ.— Sap que /

SANTI.— La Berta i jo...

BERTA.— Ens ho expliquem tot.

SANTI.— ... ho sabem tot l'un de l'altre.

ALGÚ.— Tot?

SANTI.— Sí.

BERTA.— Sí.

ALGÚ.— També que ara som aquí? Tu i jo. No has agafat el telèfon, Santi. Era ella. Berta... M'has dit que no li havies dit que eres amb mi.

SANTI.— *(...)*

BERTA.— *(...)*

ALGÚ.— L'hi explicaràs o no?

SANTI.— *(...)*

BERTA.— *(...)*

ALGÚ.— Avui, dormireu junts?

SANTI.— Sí.

BERTA.— Dormirem junts.

ALGÚ.— Fareu l'amor?

SANTI.— *(...)*

BERTA.— *(...)*

ALGÚ.— Aquesta nit, quan tornis a casa, després d'haver-nos trobat tu i jo, després de sopar tu i ella, fareu l'amor?

SANTI.— Sí. Farem l'amor.

BERTA.— Per què li vas dir?

SANTI.— *(...)*

BERTA.— Pensaves que el faríem?

SANTI.— No.

BERTA.— Per sort no va passar.

SANTI.— Per què dius "per sort"?

BERTA.— Crec que ara, sabent que et vas trobar amb ell, la simple possibilitat d'haver-te tingut dins meu em provoca una angúnia terrible. Si hagués passat, tot i no saber-ho, crec que el meu cos t'hauria expulsat intuïtivament.

SANTI.— *(...)*

BERTA.— *(...)*

SANTI.— Ho dius de debò?

BERTA.— No.

SANTI.— Per què ho has dit?

BERTA.— En vas tenir ganes?

SANTI.— Farem l'amor, avui?

BERTA.— Vols fer-lo?

ALGÚ.— Penseu en mi quan... /

BERTA.— Pensar...

SANTI.— Quan què?

ALGÚ.— ... quan feu l'amor?

SANTI.— No.

BERTA.— Per què hauríem de pensar en tu?

Pausa.

SANTI.— Sí. Sí que hi penso.

ALGÚ.— Hi penses.

BERTA.— Molt.

ALGÚ.— Explica-m'ho.

SANTI.— De vegades, quan fem l'amor, el nostre gos, un gos salvatge recollit a la carretera, és a la porta de l'habitació.

BERTA.— Des del llit, trobo en l'obscuritat els ulls de la nostra guilla.

SANTI.— Ens observa.

BERTA.— La miro.

SANTI.— Bombejo amb força el cos de la Berta.

BERTA.— Em moc sense deixar de mirar-la.

SANTI.— M'agrada sentir-me observat.

BERTA.— S'acosta al llit.

SANTI.— Fa un salt.

BERTA.— Puja al nostre costat.

SANTI.— Bombejo encara amb més força.

BERTA.— Els meus moviments són més salvatges.

SANTI.— S'atansa als nostres cossos.

BERTA.— Gairebé podem notar el seu alè...

SANTI.— Com ens observa encara de més a prop...

BERTA.— El seu cos fregant-nos...

SANTI.— Gairebé fonent-se amb nosaltres.

BERTA.— Fins i tot...

ALGÚ.— Què?

BERTA.— Ens ensenya les dents.

SANTI.— Sembla que vulgui atacar-nos.

BERTA.— Se'ns encomana alguna cosa salvatge...

SANTI.— M'excita.

BERTA.— Nosaltres...

SANTI.— Com si no fóssim nosaltres.

BERTA.— Com dos animals.

SANTI.— Cada cop més violents. Jo...

BERTA.— Ell. Però també jo.

SANTI.— Ella també. De vegades, fins i tot més que jo.

BERTA.— No el reconec.

SANTI.— No em reconec.

BERTA.— Com si volgués...

ALGÚ.— Què?

BERTA.— Comparar-se...

ALGÚ.— Comparar-se?

BERTA.— Sí, comparar-se...

ALGÚ.— Amb qui?

BERTA.— No ho sé.

ALGÚ.— No ho saps?

SANTI.— M'espanto.

BERTA.— El perdo.

SANTI.— Se m'escapa.

BERTA.— De cop... tan lluny...

SANTI.— La guilla, mirant-nos. Nosaltres, mirant-la.

BERTA.— Observats.

SANTI.— Abraça'm, Berta.

BERTA.— Què et passa?

SANTI.— No te'n vagis. Si us plau... No em deixis mai.

ALGÚ.— Per què em diuen "el Monstre"?

BERTA.— T'estranya?

SANTI.— Ningú va entendre que algú com tu...

ALGÚ.— Què?

SANTI.— La teva bellesa...

BERTA.— La joventut...

SANTI.— L'amabilitat...

BERTA.— Em vas fer sentir...

ALGÚ.— Com?

SANTI.— Al teu costat...

ALGÚ.— Què?

SANTI.— La teva intel·ligència...

BERTA.— Diferent a tots els homes d'aquest poble...

SANTI.— Algú tan prometedor...

BERTA.— Ho tenies tot...

SANTI.— Per què algú com tu ens ha fet tant mal?

BERTA.— Ens has destrossat.

SANTI.— Jo hauria volgut ser com tu.

BERTA.— Jo volia algú com tu.

SANTI.— Jo vull ser com tu.

BERTA.— No ens hauries d'haver abandonat mai.

Pausa.

ALGÚ.— Què et passa?

SANTI.— *(...)*

BERTA.— *(...)*

SANTI.— *(...)*

BERTA.— *(...)*

SANTI.— *(...)*

BERTA.— *(...)*

SANTI.— No em miris!

BERTA.— Deixa'm estar... Deixa'm estar... No em toquis!

Pausa.

SANTI.— El matí després que te n'anessis... La Carla...

BERTA.— La Carla... a l'entrada del poble... al peu de la fàbrica.

SANTI.— Aquells homes... al bosc... estesos al terra. L'encarregat, a la fàbrica, el Borni... La llançadora... El teu pare...

BERTA.— Diuen que van veure com te n'anaves.

SANTI.— Diuen que et van atrapar.

BERTA.— Se't van llançar al damunt.

SANTI.— Et van estomacar fins a no poder més.

BERTA.— Es van acarnissar amb tu. Es van divertir. Jo ho celebro.

SANTI.— T'ho mereixies.

BERTA.— Diuen que van fer un forat ben fondo i t'hi van colgar. Van posar pedres sobre el teu cadàver i ho van cobrir tot de terra.

SANTI.— Es van assegurar d'enterrar-te en un lloc prou fondo perquè ningú et pogués trobar mai més.

BERTA.— També diuen que alguna bèstia devia olorar la ferum del teu cos.

SANTI.— També diuen que algun animal devia aconseguir desenterrar-te.

BERTA.— Impossible que se't mengessin.

SANTI.— Una sola mossegada i haurien hagut d'escopir la teva carn. Haurien emmalaltit.

BERTA.— Però també diuen que encara vagareges pel bosc.

SANTI.— Diuen que alguna cosa teva es va quedar en la bèstia que et va mossegar. Que aquesta n'hauria mossegat a una altra... Una cadena. El desastre.

BERTA.— És millor no acostar-se al bosc.

SANTI.— Per si de cas...

ALGÚ.— Tot això diuen?

SANTI.— Sí.

BERTA.— Sí.

ALGÚ.— Si fos cert, qui o què se suposa que hi tens, al davant?

SANTI.— Qui ets?

BERTA.— M'ho expliques?

SANTI.— On vas anar?

BERTA.— On t'has amagat durant tot aquest temps?

ALGÚ.— A l'infern.

BERTA.— T'hi podies quedar.

SANTI.— No calia que en tornessis. Què vols?

ALGÚ.— No me n'he anat mai. No heu deixat de pensar en mi. També em somieu. Jo tampoc he deixat de pensar en vosaltres...

SANTI.— Deixa de pensar-hi!

BERTA.— Oblida'ns!

SANTI.— Ves-te'n!

BERTA.— Lluny!

ALGÚ.— He vist la Berta.

SANTI.— La Berta? Diu que et va veure.

BERTA.— Tu mateix ho has dit. No para d'inventar. Menteix. Altre cop.

SANTI.— Sí?

BERTA.— (...)

SANTI.— S'ha posat en contacte amb tu?

Pausa llarga.

BERTA.— No.

SANTI.— Per què has trigat en contestar?

BERTA.— Potser volia contactar amb mi. Va trucar. Aquí. A casa. Vas agafar el telèfon. Tu. Vas quedar-hi tu. No jo. Jo no ho hauria fet.

SANTI.— També t'ho inventes. No has vist la Berta. M'ho hauria explicat.

ALGÚ.— Se'n va alegrar.

SANTI.— Ja hi tornes...!

ALGÚ.— El telèfon d'en Santi comença a moure's damunt la taula del bar. Oscil·la sobre si mateix. És ella. La Berta. No l'agafes? Agafa'l. Digues-li que ets aquí amb mi. Pregunta-li si ens hem vist. /

BERTA.— Quan et vaig trucar eres amb ell?

SANTI.— No... No era amb ell. Ja era al cotxe.

ALGÚ.— Et fa por contestar-li?

SANTI.— No...

ALGÚ.— En Santi s'aixeca i es queda dret davant la taula. Davant meu.

SANTI.— Berta, digues...

ALGÚ.— Parla però no aparta els ulls de mi.

SANTI.— ... què passa?

BERTA.— Has vist l'hora que és?

SANTI.— Sí.

BERTA.— T'he enviat missatges.

SANTI.— Ja...

BERTA.— Per què no contestes? Va tot bé?

SANTI.— Sí... Tot bé. Ara vinc.

BERTA.— On ets?

SANTI.— De camí cap a casa. Arribo de seguida.

BERTA.— Al cotxe?

SANTI.— Sí.

BERTA.— On ets? Amb qui?

SANTI.— Què vols dir?

BERTA.— No fa l'efecte que siguis al cotxe.

SANTI.— Soc al cotxe.

BERTA.— No fa l'efecte que estiguis sol. I aquest soroll?

SANTI.— Quin soroll?

BERTA.— Ets amb ell?

ALGÚ.— En Santi s'allunya de la taula. De mi.

SANTI.— Amb qui?

BERTA.— L'has vist?

SANTI.— I tu?

BERTA.— Jo, què?

SANTI.— També l'has vist?

BERTA.— *(...)*

SANTI.— A qui hauria d'haver vist?

BERTA.— A ell...

SANTI.— A qui?

BERTA.— El teu pare.

SANTI.— El meu pare? Amb què em surts? No... No. Soc al cotxe. Vinc. Soc de camí.

ALGÚ.— En Santi es va allunyant de la taula. De mi. Del bar. A través de la finestra, el veig a fora. Penja el telèfon. Entra al cotxe. El posa en marxa. Em veu a través de la finestra. Aixeco la mà. Li somric. Dic una frase. Sé que, tot i el vidre de separació i que no em sentis, saps què he dit. Sé que em pots llegir els llavis.

BERTA.— Eres al cotxe quan et vaig trucar?

SANTI.— Acabava de sortir. Va ser un error quedar amb ell. També no dir-t'ho. Va ser un cop dins del cotxe que em vas trucar. No te'n vaig dir res. T'ho hauria d'haver dit. Perdona'm. Em perdones?

BERTA.— Després vas trucar al teu pare.

SANTI.— Vaig dir-li que no passaria.

BERTA.— Fa dies que no hi vas. Què passa amb el teu pare?

SANTI.— Res. Ara aniré a casa. Amb ell.

BERTA.— Ara. De matinada. El vas trucar per dir-li que no hi passaries, però no hi has tornat en tots aquests dies... Què passa?!

SANTI.— Pare, soc jo. *(...)* Per què et truco? Te'n recordes d'en Bruc? *(...)* Estic bé --- És clar que estic bé. *(...)* De què et parlo? Quin Bruc? No et diu res aquest nom? Et truco per parlar-te d'en Bruc. Sé que pot semblar estrany. Aquell gos que teníem... El nostre gos, és clar que te n'has de recordar! Sé que han passat molts anys. Gairebé quaranta, però no pot ser que hagis oblidat que vam tenir un gos. Què devia tenir jo? Cinc --- sis anys...? --- Jo me l'estimava. *(...)* Deixa'm que m'expliqui. No m'interrompis. Escolta'm. M'escoltes? Una tarda vau sortir i em vau deixar sol a casa. No gaire estona, però sí. Sol. Devia tenir aquesta edat. Quan la mare va marxar —sí, marxar—, jo encara no tenia set anys. Vau marxar. No sé on. Vaig ser jo que vaig destrossar les plantes del jardí. *(...)* Com que no te'n recordes? Saps de què et parlo. Escolta. Teníem el jardí ple de flors. Havíeu plantat un parterre. És impossible que no te'n recordis --- Tampoc del gos. Escolta'm, papa, si us plau... Deixa'm parlar. Que m'expliqui. Tanca la boca! *(Pausa.)* Quan vau tornar a casa, tu i la mare... Havíeu anat a al poble --- És igual on --- Vas veure aquella destrossa i et vas enfurismar. Ella també. O no. No. Ella no. No ho sé. Potser eres tu i prou que estaves enfadat. Vau començar a discutir. A cridar molt. Us vau dir coses terribles. Quan tu i la mare discutíeu, us dèieu coses terribles. Li deies "arreplegada" per fer-la callar. No només aquell dia. Sempre. Oh i tant que sí --- Us dèieu coses terribles --- Coses que no s'haurien de dir dues persones --- Coses que no hauria de sentir mai un nen --- No facis veure que no te'n recordes, que les coses eren —van ser— d'una

altra manera i no com jo les explico. T'he trucat per parlar d'en
Bruc i vull que m'escoltis. Si us plau, papa. *(Pausa.)* "En Bruc
ha destrossat el parterre." Era mentida. Vaig dir-ho perquè no
em renyéssiu. Perquè no em deixéssiu d'estimar. Em vau creu-
re. Em vau dir que em creieu. Us ho vau creure o em vau men-
tir? L'endemà, quan vaig tornar de l'escola, en Bruc ja no hi era.
Tu no eres a casa. Tampoc el cotxe. No acostumaves a agafar el
cotxe entre setmana. On vas anar? Vaig preguntar a la mare on
era en Bruc. No em va dir res. La mare no tenia esma per viure.
Semblava que ja no visqués entre nosaltres. Feia temps. Només
una mica d'alè quan us cridàveu. Per què la tractaves d'aque-
lla manera? Mai agafaves el cotxe els matins. Què vas fer aquell
dia? Vas endur-te en Bruc? On? *(...)* No et crec --- No facis veu-
re que no recordes que vam tenir un gos --- Me'l vau regalar ---
Però aquell dia, quan vas tornar, anaves sol. Sense en Bruc. Vas
dir que no en sabies res, que quan havies marxat de casa, era al
jardí, dormint. El vaig buscar. Tu, ni un simple gest. Tampoc la
mare, que semblava més morta que viva. Enlloc. Llavors vas dir
que —potser— en Bruc s'havia escapat i vas cridar el seu nom.
La mare també.

BERTA.— "Bruc... Bruc... Bruc..."

ALGÚ.— "Bruc... Bruc... Bruc..."

SANTI.— No et vas ni esforçar en fer-ho veure. Per dissimular. Per
enganyar-me. M'ho creuria sense que t'hi esforcessis, devies
pensar. Jo vaig creure-m'ho. O no. Tampoc vaig gastar gens
d'energia a contradir-te. Era un nen. Vaig acceptar la mentida.
Una més. T'ho dic ara. No em diguis que no saps amb què
et surto després de tants anys. Em va semblar --- digue'm si
m'equivoco --- que treies l'escopeta de caçar del maleter del
cotxe. Podies haver-te esperat que jo no fos al davant. No va ser
cap problema per a tu. M'equivoco? Saps on vull anar a parar.
No dius res? Per què no dius res? D'acord, no dius res, parlaré

jo. La mare se'n va anar de casa al cap de pocs dies, d'això tampoc te'n recordes? La vas fer fora. La nit abans, us vaig sentir cridar --- Dir-vos, altre cop, com tantes vegades, coses terribles --- Us dèieu coses terribles --- No facis veure que me les invento jo, les coses --- Us sentia des del llit --- Cridàveu tant que us devia sentir tot el poble --- Fins i tot els pobles veïns --- tota la comarca --- Que era una recollida, una arreplegada, una qualsevol, que tota la fàbrica --- tot el poble --- tota la comarca --- saben que ets una qualsevol --- que se't rifen a la fàbrica --- a la fàbrica se les rifen, les dones com tu --- quina vergonya --- tant de bo no t'hagués recollit mai --- no tens ningú --- Sé com fer-te la vida impossible --- Tens totes les de perdre --- Una qualsevol, recollida en una carretera. *(Pausa.)* Papa... No dius res ara? *(Pausa.)* Parlaré jo. L'endemà al matí la mare ja no hi era. Vam anar uns dies a casa els avis. Plores, papa? Estàs plorant? Per què plores? Quan vam tornar vas dir que la mama s'havia mort i que havíem anat a enterrar-la al seu poble. Ara plores? No ho vas fer, aleshores. No et vaig veure ni una sola llàgrima. Vaig ser jo que vaig destrossar el parterre del jardí. Vaig dir que havia estat en Bruc. Sempre més vaig pensar que jo era el culpable que el nostre gos se n'anés de casa i, de retruc, la mare. No que se n'anés... que te'n desfessis. Vaig pensar que jo era el culpable. La meva mentida. També de la vostra discussió. De perdre la mare. A tu no et va importar que un nen carregués —hagi carregat— amb aquesta culpa. Què en vas fer, d'en Bruc? El vas fer pujar al cotxe i el vas abandonar al mig de bosc o en un trencant qualsevol? Li vas fotre un *tiro* i el vas deixar en un lloc qualsevol dessagnant-se? Com va anar, la cosa? *(Pausa.)* Aquella nit, la darrera nit, després que us escridasséssiu, al cap d'unes hores em vaig aixecar. No éreu a la vostra habitació. Tampoc enlloc més de casa. No vaig trobar ningú. No hi havia ningú. M'havíeu deixat. Sol. Un altre cop. Vaig sortir a fora. Era negra nit. Tot estava quiet. Vaig tornar a entrar i em vaig asseure al sofà. Esperant. Tenia set anys. Tard, molt més tard... vaig sentir el motor. El nostre cotxe. Tot just clarejava. No sé d'on venies. Em vas dir que la mama s'havia mort i que no tornaria mai més. *(Pausa.)* Papa? Per què no dius res? *(Pausa.)* Em sents? *(Pausa.)* Estàs plorant? *(Pausa.)* Papa, si us plau, no m'ho facis això... Digue'm, si us plau, que m'equivoco... *(Pausa.)* Sento la teva respiració. No em dius res, però sé que m'estàs escoltant. T'esforces perquè no et senti somicar. / Et vas aixecar a trenc d'alba per portar-la... On? Com te'n vas desfer? La vas portar a l'estació d'autobusos d'un poble allunyat del nostre perquè ningú pogués veureho o la vas deixar en un lloc qualsevol perquè s'espavilés fent autoestop? Al mateix lloc on la vas recollir? Per què vas decidir quedar-te amb mi? Estàs podrit, pare. També jo per haver acceptat les teves mentides. Per no haver-te qüestionat. També aquest poble. Els seus homes. També les seves dones. Els que ens hi hem quedat. Hauria d'haver buscat la mare. Per què no ho ha fet ella? Tant de bo me l'hagués trobat, encara que fos per casualitat. L'hauria reconegut. Potser ella no m'hauria reconegut. Potser no m'hauria volgut reconèixer. Jo sí. Potser me li hauria acostat. Potser l'hauria observat. Potser l'hauria seguit uns dies. Potser no li hauria dit res. Potser hauria intentat trobar alguna manera per comprovar que estava bé. Tranquil·la. Feliç. M'hauria conformat amb això. Papa? *(Pausa.)* Em sents? Sé que m'escoltes. No m'ho facis, això. Acabo de veure el meu amic. Ara. Després de tants anys. El Monstre. Ha tornat...

BERTA.— El vas trucar per dir-li que no hi passaries, però no hi has tornat en tots aquests dies. Què passa, Santi?

SANTI.— Res. Tot va bé. Me n'aniré a casa. Aniré fins a la porta de la seva habitació i l'observaré mentre dorm. Què deu somiar? El despertaré. Esmorzarem junts. Anirem a la fàbrica, a la inauguració del centre cívic. Vindràs?

BERTA.— Ja t'ho he dit. Potser.

SANTI.— Què volia dir amb allò de l'ocell blau?

BERTA.— Què vols dir?

SANTI.— De joves... Quan anàvem a la carena... Jo ho havia oblidat, però ell me'n va parlar. Es volia tatuar un ocell blau sobre el pit. Un ocell blau amb el teu nom.

BERTA.— No sé de què em parles. Tampoc per què ho va dir.

SANTI.— El coneixies molt?

BERTA.— Ja m'ho has preguntat.

SANTI.— "Com a tothom", m'has dit. De quina forma es coneix a tothom?

BERTA.— Com a tothom del poble. Ni més ni menys que a qualsevol altra persona d'un lloc petit on tots ens coneixem.

SANTI.— Creus que em coneixes, Berta? Et conec jo a tu?

ALGÚ.— S'observen. No es diuen res. També m'observen a mi. Com si també es preguntessin qui soc. En quin moment una bèstia passa de ser dòcil a atacar. Cap dels dos m'acarona. Ara no.

SANTI.— Va insistir que t'havia vist.

BERTA.— Ja m'ho has dit, i jo que et va mentir.

SANTI.— M'ho diries?

BERTA.— El dubte ofèn, Santi. Fa dies... no ho sé si ho recordes, em vas trobar desperta. Jo era aquí on ara ets tu.

ALGÚ.— La nit de la qual parla, la Berta seia al lloc d'en Santi. Jo era davant seu. Ella em mirava als ulls. M'acaronava. En Santi es va despertar. Havia notat l'absència de la Berta al llit. Es va sobresaltar. Per què? Va baixar sigil·losament les escales. La Berta era d'esquena a ell, però va notar la seva presència i que estava observant-nos. També que jo vaig aixecar el cap i me'l vaig mirar. La Berta no es va girar.

SANTI.— Et passa alguna cosa?

BERTA.— Per què m'hauria de passar res? Què vols que passi?

SANTI.— Què fas?

BERTA.— Tenia set.

SANTI.— Fa estona que t'has aixecat. /

BERTA.— No tanta.

SANTI.— M'he desvetllat i no eres al llit. M'he adormit a l'instant. M'he tornat a despertar més tard i encara no havies tornat. Crec que ha passat una bona estona. No sé quanta, però molta.

BERTA.— T'equivoques. Acabo de baixar. He somiat. Per això m'he despertat.

SANTI.— Un malson?

BERTA.— Potser. O no. No ho sé.

SANTI.— Jo també he tingut un malson. Vens?

ALGÚ.— En Santi no li va preguntar què havia somiat. Ella tampoc. Llavors, se'n van tornar al llit. Jo vaig seguir-los. També em vaig ajaure amb ells. Van fer l'amor. Aquell dia, sí.

BERTA.— Per què aquella nit que em vas trobar desperta, aquí on som ara, no vas preguntar-me què havia somiat?

SANTI.— T'ho hauria d'haver preguntat? Tu tampoc m'ho vas preguntar a mi.

BERTA.— Què vas somiar?

SANTI.— Anava en cotxe, de camí cap al poble. Carregava algú. No sé qui era. S'ha esborrat. No recordo res més. Tu?

BERTA.— Jo era a l'antiga carretera. Palplantada. De nit. La majoria dels meus somnis passen de nit. També això de fumar. Plovia. Potser. No ho tinc clar. Tinc la sensació que tenia el cos mullat, però no n'estic segura. De sobte, els llums d'un cotxe que venia de cara a mi. Jo no feia res: ni em movia d'allà al mig ni tampoc feia cap senyal perquè parés. El cotxe reduïa la velocitat i s'aturava. El conductor obria la porta i sortia. No coneixia de res aquell home. T'ho juro. No l'havia vist mai. Després, rumiant-hi, no t'ho creuràs, però crec que s'assemblava a tu. Molt. O potser a ell. Si eres tu, jo no t'hi reconeixia. Si era ell, tampoc.

SANTI.— Vol que la porti?

BERTA.— No el conec de res.

SANTI.— Jo tampoc a vostè. Vol pujar?

BERTA.— No acostumo a pujar al cotxe d'un desconegut.

SANTI.— No ha de tenir /

BERTA.— No li tinc cap por. Però vull saber per què ho fa.

SANTI.— Jo no espanto a ningú.

BERTA.— Per què ho fa?

SANTI.— Expliqui's. Fer què?

BERTA.— Per què ha triat aquesta carretera. És estreta. Plena de re-
volts. No hi circula ningú. Encara que és millor així. Gairebé no hi
ha espai perquè hi passin dos cotxes i val més no trobar-se'n un
altre que vingui de cara... El bosc... tan espès... Les muntanyes...
És un lloc fosc per transitar. Aquesta part és tan obaga que, tant
a primera hora com al vespre, sempre està gebrada. No entenc per
què, havent-hi una carretera nova, ha preferit passar per aquesta
per on ja no hi circula ningú.

SANTI.— No hi ha res més bonic que circular-hi amb els arbres en-
vaïts per la gebrada. Pot confiar en mi.

BERTA.— S'acostava al cotxe. Obria la porta de l'acompanyant. Des-
prés anava a la del conductor. Jo m'estava uns segons —no, uns
segons no... uns minuts— sense fer res. El temps és estrany en els
somnis, no et sembla? S'encenia un cigarro i m'observava des de
l'interior del cotxe. Finalment m'hi acostava i hi entrava. Sense
mirar-me, m'allargava un paquet de cigarros i un encenedor. Jo
n'agafava un, l'encenia i començava a fumar. Ell posava en mar-
xa el cotxe. Començàvem a circular en silenci. Conduïa en direc-
ció al poble i, més que acostar-m'hi, jo hauria preferit que me'n
tragués. Potser també d'aquell somni.

SANTI.— És d'aquí, vostè?

BERTA.— Per què em pregunta coses que ja sap?

SANTI.— D'on és?

BERTA.— Del primer poble que ens trobarem.

SANTI.— Hi ha viscut sempre?

BERTA.— No conec cap altre lloc.

SANTI.— És un lloc bonic per viure-hi?

BERTA.— Per què m'ho pregunta?

SANTI.— Ho és?

BERTA.— D'on és vostè?

SANTI.— És el primer cop que hi passo, jo, per aquí. L'acosto fins al seu poble?

BERTA.— L'hi agrairia. Què hi fa aquí a aquestes hores?

SANTI.— I vostè?

BERTA.— Sempre contesta una pregunta amb una altra pregunta?

SANTI.— L'he recollit.

BERTA.— Ha vingut a recollir-me?

SANTI.— Acostuma a fer autoestop?

BERTA.— No intenti fer-me creure el que no ha passat. No feia autoestop. Vostè passava per la carretera i ha aturat el cotxe. Jo no he fet cap senyal. Ni tan sols m'he mogut. Si hagués volgut, m'hauria pogut atropellar.

SANTI.— Era això el què desitjava?

BERTA.— Vostè, què desitja?

SANTI.— *(...)*

BERTA.— Podria estar espantada, però no ho estic.

SANTI.— Per què ho hauria d'estar?

BERTA.— Vostè. Un desconegut. He pujat al seu cotxe. En qualsevol moment podria aturar-lo. Encara pot ser que l'aturi. Res del que pugui fer m'espanta. Soc conscient que això no és real. És de nit. Fumo. En tinc prou amb això per saber de què es tracta. No sé com escapar-me d'aquí, però, ja que hi soc, voldria saber qui és, què faig i perquè m'ha recollit.

SANTI.— La meva mare es va escapar d'un poble de per aquí. Se'm va endur amb ella. Ara soc prou gran per poder trobar i conèixer d'on va escapar-se. Estic buscant aquest lloc.

BERTA.— Quants anys tenia quan van marxar?

SANTI.— Sis... Set.

BERTA.— Una criatura. De què s'escapava la seva mare?

SANTI.— No m'ho ha explicat mai. M'ho explica, vostè?

BERTA.— *(...)*

SANTI.— El meu pare encara hi viu, al poble.

BERTA.— No l'ha tornat a veure?

SANTI.— No l'he vist mai més des d'aleshores.

BERTA.— Ha vingut a buscar-lo?

SANTI.— Ni tan sols recordo quina cara té. Tampoc sé si és viu o mort. No l'he vingut a buscar. Busco un lloc, no el meu pare. Vostè m'ajudarà a arribar-hi. Potser jo també la puc ajudar.

BERTA.— Com?

SANTI.— Carregant-la.

BERTA.— No em menteix, oi?

SANTI.— No.

BERTA.— No hi ha res pitjor que la mentida. Jo em vaig inventar que un dia vaig carregar un noi que feia autoestop. Una bona persona. Un noi atractiu.

SANTI.— Per què ho va fer?

BERTA.— Pel meu fill. Això pensava.

SANTI.— Pensava?

BERTA.— Sí, però no. Sobretot per mi. De vegades, mentim per sobreviure. Un pot creure's les seves pròpies mentides. No hi ha res pitjor que la mentida.

SANTI.— Llums... Es comencen a veure cases... Aquesta boira baixa fa l'efecte que el poble suri sobre un núvol. És aquest? El seu poble, vull dir.

BERTA.— Sí, és aquest.

SANTI.— Sembla bonic.

BERTA.— No es deixi enganyar.

SANTI.— Què és allò? El campanar?

BERTA.— Una xemeneia. El poble té una xemeneia que sembla un campanar. Ha donat feina a tota la comarca. A les dones, sobretot. /

SANTI.— Vostè hi treballa?

BERTA.— Em pregunta coses que ja sap. Per fer-me parlar. Parlaré. Abans... Vaig treballar-hi. Molts anys. Venien dones d'altres pobles. De més lluny i tot. El poble estava mal comunicat. Moltes s'ajuntaven en un mateix cotxe. Altres hi arribaven a peu. Algunes, fins i tot, fent autoestop, confiant que algú les acostaria. Vostè no em farà res. Millor a peu que pujar amb algú, encara que el coneguis. Sé de què parlo. A la comarca no hi ha gaire feina. Aquí al poble, faltat de dones, teníem la fàbrica. Cada cop que n'arribaven de noves, tots els homes badant, com ximplets, a veure si en podien caçar alguna. Un cop a l'any, quan s'acabava la primavera, triaven la més bonica. Una celebració. La portaven en braços, corejaven el seu nom i la passejaven per tot el poble. /

SANTI.— Berta... Espera, espera...

BERTA.— Què passa?

SANTI.— Al meu somni carregava algú.

BERTA.— M'ho has dit.

SANTI.— No sé si qui era. Algú que no coneixia de res. T'ho juro. No l'havia vist mai. Ara, rumiant-hi, s'assemblava a tu, molt, però, si eres tu, jo no t'hi reconeixia. O a ell. Potser. Però tampoc. No ho sé.

BERTA.— Vols que pari?

SANTI.— No, continua.

BERTA.— Després de parlar-li de la fàbrica, aquell home somreia i sense mirar-me...

SANTI.— Crec que aquest era el meu poble.

BERTA.— Què li fa pensar?

SANTI.— La meva mare també va treballar en una fàbrica. Tot això que m'explica m'és familiar.

BERTA.— Va fer bé de marxar-ne.

SANTI.— Per què?

BERTA.— Què li ha explicat la seva mare del poble?

SANTI.— Poca cosa. Un poble menut amb una xemeneia alta com un campanar que sembla que hagi de rebentar el cel. També em va dir qui seria jo si m'hi hagués quedat.

BERTA.— Qui seria vostè si s'hi hagués quedat?

SANTI.— Cada home és el que fa amb allò que li han fet. Acceptar-ho o revoltar-s'hi. Si ho haguessis acceptat, tard o d'hora t'hauries espatllat, fill. Hauries acabat com els altres homes. Al poble hi havia poques dones i els homes no sabien estimar-les. Ser com ells. Reproduir els seus actes. Perpetuar i silenciar les seves mentides. Si t'hi haguessis revoltat, hauria volgut dir matar-los o que et matessin a tu. Diu que ja no hi treballa, a la fàbrica...

BERTA.— La van tancar poc després que una noia...

SANTI.— *(...)*

BERTA.— També de trobar mort el propietari, l'encarregat, amb una llançadora clavada al mig del pit, com si hagués saltat furiosa del batec d'un teler. Més homes a la carretera. També al bosc.

SANTI.— *(...)*

BERTA.— Li fa riure?

SANTI.— El Borni.

BERTA.— Sap el nom de l'encarregat.

SANTI.— Li deien així. També a la fàbrica. Per l'encarregat.

BERTA.— La seva mare li ha explicat més coses de les que vostè assegura.

SANTI.— No me les ha dit, però enraonant amb vostè és com si les seves paraules s'apoderessin de mi.

BERTA.— No se les guardi com la gent d'aquí. Parli. Faci el favor de fer-ho.

SANTI.— Les dones havien d'esquivar-lo. A l'encarregat, vull dir. A qualsevol home, de fet. Cada any triaven la més bonica. Vostè és bonica.

BERTA.— Gràcies.

SANTI.— La van triar?

BERTA.— L'escollida.

SANTI.— Una cada any i ell, l'encarregat, presumia de rifar-se'n qualsevol el dia que ell volgués.

BERTA.— Pari! Pari! Aturi's! Aturi's!

SANTI.— Què passa?

BERTA.— No ho ha vist?

SANTI.— Veure què?

BERTA.— Aleshores... frenava el cotxe de cop, jo obria la porta i sortia corrents. Em quedo, de nou, al mig de la carretera, al trencant per entrar al poble.

SANTI.— Què havies vist, Berta?

BERTA.— Era al mig de la carretera.

SANTI.— Qui?

BERTA.— Què li has fet?

SANTI.— A qui?

BERTA.— Era al mig de la carretera, portava la Carla en braços.

SANTI.— La Carla...

BERTA.— Aquell home conduïa el cotxe i si jo no l'hagués advertit... si no hagués aturat el cotxe... Venia directe cap a nosaltres. L'hauríem atropellat sense que a cap dels dos els hagués importat. No recordo el seu rostre. No sé si tenia rostre. No sé si tenia rostre humà o animal. O eres tu? No. Vaig saber que era ell. N'estic segura. Anava ben vestit. Tot de blanc. Als braços, la Carla. Què li has fet?

ALGÚ.— Els homes l'han carregat a les espatlles i en braços, enlairant-la, victorejant el seu nom.

ALGÚ o potser SANTI.— "Carla... Carla... Carla..."

ALGÚ.— També havien corejat el teu anys abans, no?

ALGÚ o potser SANTI.— "Berta... Berta... Berta..."

ALGÚ.— L'han passejada per tot el poble sense que toqués el terra. Després, també als afores. Al camp. Al bosc. Ella, entre crits i braços, riu fins a no poder més i perdre el coneixement. Els homes continuen cridant el seu nom i fent voleiar el seu cos esvaït de força i resistència. Continuen fins bosc endins, on es manté un darrer segon suspesa a l'aire. Sura. Cau. Toca el terra. Amb ella, furiosos, esgotats i festius, cauen tots i cadascun dels homes i s'hi desplomen al damunt. Tot el poble. Sense excepció. En la foscor, els ulls de tots els animals del bosc que s'hi han acostat. Jo acabo de baixar del cotxe d'un amic. Camino uns metres. M'ajupo. Agafo una pedra. Em torno a alçar. Em giro i li somric. Mentre em perdo en l'obscuritat, sento la seva veu...

SANTI.— Ves-te'n, ves tan lluny com puguis, fins a perdre't. No tornis mai més. Abans, però, extermina aquest poble. Tots. Els seus homes. L'encarregat de la fàbrica. El meu pare. Fins i tot a mi. Hauries d'acabar amb tots nosaltres.

ALGÚ.— M'endinso al bosc. L'he trobada al mig d'una clariana, descuidada, gairebé colgada d'escorça i fulles de pi, abans que algun animal salvatge l'olorés i, aprofitant la fosca, se li llancés al damunt. Escolta... *(Pausa.)* Encara se sent la remor dels homes tornant a casa seva. Els sents? *(Pausa.)* Les seves dones, mares, filles, germanes, els preguntaran quanta estona l'han tingut sense tocar terra. Riuran. Fins i tot. Esmorzaran. D'altres, abraçats entre ells, encara coregen el seu nom pel carrer i es vanaglorien de la proesa. Entraran en un bar. Brindaran. S'exclamaran que hagin d'esperar un altre any per tornar-hi. Per repetir la tradició. La porto cap al poble. La deixaré al terra, a l'entrada, on comencen les primeres cases, al peu de la fàbrica. Aquí teniu l'escollida. Serà l'última. Amb ella s'acabarà la vostra tradició. Marxaré i la trobaran al terra. Sense respirar. L'últim alè va ser al bosc. A la fàbrica, l'encarregat mort. A peu de carretera, dos homes més. També morts. I algun altre ja bosc endins. Algú em veurà que enfilo la carretera i me'n vaig. Em sentiran refilar, com un ocell, i el refilet, potser el més dolç que hauran sentit mai, també es perdrà en l'obscuritat. Tots començaran a parlar. "Ha estat ell." "Un fill del nostre poble." "Com ha pogut ser capaç de fer una cosa així?" "Aquí s'hi estava bé." "Quin dolor tan gran ens deixa." "El Monstre." M'assenyalaran. Parlaran. Les boques dels homes i les dones del poble s'ompliran de paneroles.

Pausa.

SANTI.— Em sembla, Berta, que circulàvem en la mateixa carretera. En el mateix malson.

BERTA.— Dona'm un cigarro.

SANTI.— Vols un cigarro?

BERTA.— Sí.

SANTI.— Per què vols un cigarro?

BERTA.— Dona-me'l.

SANTI.— Ja no fumem. Ho vam deixar. No hi ha cigarros en aquesta casa.

BERTA.— Saps perfectament que, si poses la mà dins del gerro, al fons hi trobaràs un paquet i un encenedor.

SANTI.— Per què hi hauria d'haver un paquet i un encenedor al fons del gerro?

BERTA.— M'ho vas dir tu.

SANTI o potser BERTA.— "És bo tenir sempre a prop allò que et pot temptar per confirmar com n'ets de fort o de feble."

ALGÚ.— La Berta se m'acosta. Ara sí, m'acarona. Em treu el collar i se'l queda a la mà. Ja no el deixarà anar. Em parla a cau d'orella. En Santi obre la porta.

BERTA.— Surt.

SANTI.— Ves.

BERTA.— Corre.

SANTI.— No badis.

BERTA.— Saps què has de fer.

ALGÚ.— Ja sé que heu reforçat les tanques dels vostres jardins. Ja hi podeu posar trampes o obstacles. Una nit més, hi tornaré. Ells dos ja no es diran res més. Pujaran a dalt, a l'habitació, com si fossin somnàmbuls. Faran l'amor. Com salvatges. Com feia temps que no el feien. Potser ploraran sense que l'altre se n'adoni. Quan torni, em llançaré damunt el llit amb la fúria de qui pot fer bocins dos cossos adormits. Però no. Avui, no. Encara, no. Demà al matí, que és d'aquí a poc, s'aixecaran d'hora. Es comportaran amb una naturalitat desconcertant. Els dos dubtaran. Potser. O no. No tindran clar si han fet l'amor o ho han somiat. No se'n diran res l'un a l'altre. Tampoc tindran clar si han parlat o ho han somiat. Tampoc se'n diran res l'un a l'altre. Esmorzaran. En Santi sortirà cap a casa seva. Anirà a buscar el seu pare. S'acostarà a la porta de la seva habitació i el mirarà mentre dorm. El despertarà. Aniran junts a la fàbrica. A la inauguració del centre cívic. Hi haurà tot el poble. Els vells. Les velles. Els seus fills. Els fills dels seus fills.

Ells dos hi arribaran per separat: en Santi amb el seu pare; la Berta amb l'Adrià i amb mi. Quan es trobin, se saludaran. Cordialment. Alçaran la vista. La xemeneia els semblarà que, ara sí, és a punt de foradar el cel. Als seus peus, hi trobaran una placa. A la placa, el nom de l'encarregat. En record a ell. "Al Borni. També a tots els homes i dones que amb el seu esforç van aixecar la fàbrica. I a aquest poble." Tots ells aplaudiran. Després, brindaran.

Fosc.

Barcelona, 2021-2023

Colección de Teatro

Teatroautor

1. **El baile de los ardientes**
   Francisco Nieva

2. **Oportunidad: bonito chalet familiar**
   Juan José Alonso Millán

3. **Feliz aniversario**
   Adolfo Marsillach

4. **Operación ópera**
   Ignacio García May

5. **La mirada del hombre oscuro**
   Ignacio del Moral

6. **El señor de las patrañas**
   Jaime Salom

7. **Pop y patatas fritas**
   Carmen Resino

8. **Pisito clandestino**
   Antonio Martínez Ballesteros

9. **El dragón de fuego**
   Roma Mahieu

10. **Gracias, abuela...**
    Sebastián Junyent

11. **Pasarse de la raya**
    Juan José Alonso Millán

12. **Indian summer**
    Rodolf Sirera

13. **Cena para dos**
    Santiago Moncada

14. **Matrimonio para tres**
    Antonio Martínez Ballesteros

15. **Un millón por una rosa**
    María Luisa Luca de Tena

16. **Trescientos veintiuno, trescientos veintidós**
    Ana Diosdado

17. **Morirás de otra cosa**
    Manuel Gutiérrez Aragón

18. **Trampa para pájaros**
    José Luis Alonso de Santos

19. **Los gatos**
    Agustín Gómez Arcos

20. **Palomas intrépidas**
    Miguel Sierra

21. **Columbi lapsus**
    Albert Boadella

22. **Un hombre de cinco estrellas**
    María Manuela Reina

23. **El hombre del Taj Mahal**
    Santiago Moncada

24. **Caballos de mar**
    Rodolf y Josep Lluís Sirera

25. **Desnudos**
    Joan Casas

26. **Para-lelos 92 / Reservado el derecho de admisión**
    Petra Martínez y Juan Margallo

27. **Los figurantes**
    José Sanchis Sinisterra

28. **Entre tinieblas**
    Fermín Cabal y Pedro Almodóvar

29. **Ya tenemos chica**
    Juan José Alonso Millán

30. **Caprichos**
    Santiago Moncada

31. **Los españoles bajo tierra**
    Francisco Nieva

32. **El viaje infinito de Sancho Panza**
    Alfonso Sastre

33. **Una hoguera al amanecer**
    Jaime Salom

34. **¡Anda, mi madre!**
    Juan José Alonso Millán

35. **La pasión de amar**
Joaquín Calvo-Sotelo

36. **Manzanas azules, higos celestes**
Alberto Miralles

37. **Teledeum**
Albert Boadella

38. **Don Juan último**
Vicente Molina Foix

39. **Casi una diosa**
Jaime Salom

40. **Vis a vis en Hawai**
José Luis Alonso de Santos

41. **Nosferatu**
Francisco Nieva

42. **Sólo, sólo para mujeres**
Sebastián Junyent

43. **Comisaría especial para mujeres**
Alberto Miralles

44. **La posada del Arenal**
Eduardo Galán y Javier Garcimartín

45. **Siempre en otoño**
Santiago Moncada

46. **Auto / Retén**
Ernesto Caballero

47. **Picasso andaluz, la muerte del Minotauro / Piel de toro**
Salvador Távora

48. **Las señoritas de Siam**
Ever Martín Blanchet

49. **Noches de amor efímero**
Paloma Pedrero

50. **Perdonen la tristeza/Obra póstuma**
Eusebio Calonge

51. **¡Viva el cuponazo!**
Rafael Mendizábal

52. **Sólo para parejas**
Juan José Alonso Millán

53. **Marina**
Luis Olmos

54. **Oscar & Sherlock**
Santiago Moncada

55. **Annus horribilis**
Francesc Lucchetti Farré

56. **Mariposas negras**
Una noche con Clark Gable
Jaime Salom

57. **Los bellos durmientes**
Antonio Gala

58. **La tuerta suerte de Perico Galápago**
Jorge Márquez

59. **El cerco de Leningrado**
José Sanchis Sinisterra

60. **Feliz cumpleaños, Sr. Ministro**
Rafael Mendizábal

61. **Yo tengo un tío en América**
Albert Boadella

62. **¡Hombres!**
Companyia T de Teatre

63. **La taberna de los Cuatro Vientos**
Alberto Vázquez Figueroa

64. **E. R.**
Josep M. Benet i Jornet

65. **Chapó**
Jordi Beguería

66. **La senyora Florentina i el seu amor Homer**
Mercè Rodoreda

67. **Saxo tenor**
Roberto Vidal Bolaño

68. **Rodeo / Libración**
Lluïsa Cunillé

69. **Cristal de Bohemia**
Ana Diosdado

70. **La sombra del Tenorio**
José Luis Alonso de Santos

71. **Mujeres frente al espejo**
Eduardo Galán

72. **Hora de visita**
José Luis Alonso de Santos

73. **Tiempo de ensayo**
Gerard Vázquez

74. **La trama**
Jaime Salom

75. **Usted no sabe con quién está hablando**
Juan José Alonso Millán

76. **El jardín de nuestra infancia**
Alberto Miralles

77. **Mejor en octubre**
Santiago Moncada

78. **Veinte años no es nada**
Stop Madrid
Eduardo Recabarren

79. **La tumba de Antígona**
María Zambrano

80. **Cásting**
Roger Justafré

81. **De cómo Antoñito López, natural de Játiva, subió a los cielos**
Rafael Mendizábal

82. **Yonquis y yanquis**
José Luis Alonso de Santos

83. **Locas de amar**
Paloma Pedrero

84. **Hijos de la niebla**
Roger Justafré

85. **Oxo**
Joan Guasp

86. **La abuela echa humo**
Rafael Mendizábal

87. **Krámpack**
Jordi Sánchez

88. **¿Y ahora, qué?**
Santiago Moncada

89. **Eutanasio**
Manuel Ruiz-Castillo

90. **Después de la lluvia**
Sergi Belbel

91. **Danzón de perras**
Luis Riaza

92. **Picospardo's**
Javier García-Mauriño

93. **Ocaña, el fuego infinito**
Andrés Ruiz López

94. **Las reglas del género (Maror)**
Rodolf Sirera

95. **Metro**
Francisco Sanguino y Rafael González

96. **Salvajes**
José Luis Alonso de Santos

97. **Recreo**
Manuel Veiga

98. **El otro William**
Jaime Salom

99. **La Ley Sorda**
Mobilis in mobili
José Bea Mataix

100. **El Nacional**
Albert Boadella

101. **Lencería fina**
Enrique Bariego

102. **Esta noche no estoy para nadie**
Juan Carlos Rubio

103. **Dakota**
Jordi Galceran

104. **Marsal Marsal**
Perdida en los Apalaches
José Sanchis Sinisterra

105. **Pregúntame por qué bebo**
La orquesta sólo toca para mí
Juan Carlos Ordóñez

106. **Te vas, me dejas y me abandonas (Mutis)**
Julio Escalada

107. **Mirador**
Paco Zarzoso

108. **Los restos**
Raúl Hernández Garrido

109. **Miguel Will**
José Carlos Somoza

110. **Criaturas**
Companyia T de Teatre

111. **Contigo aprendí**
Rafael Mendizábal

112. **Una hora de felicidad**
Manuel Veiga

113. **No faltéis esta noche**
Santiago Martín Bermúdez

114. **Mandíbula afilada**
Carles Alberola

115. **Cartas de amor a Stalin**
Juan Mayorga

116. **Suite / Combate**
Carles Batlle

117. **El niño del Hospital Italiano
Despropósitos**
Eduardo Recabarren

118. **Píntame en la eternidad**
Alberto Miralles

119. **¿Le gusta Schubert?**
Rafael Mendizábal

120. **Más o menos amigas
Una hora sin televisión**
Jaime Salom

121. **¡Entiéndemetúamí!**
Eloy Arenas

122. **Tres (+1)**
Antonio Jesús González

123. **Una estrella
Besos de lobo**
Paloma Pedrero

124. **Gorditas**
Gustavo Ott

125. **Las manos**
José R. Fernández
Yolanda Pallín
Javier G. Yagüe

126. **Caos**
Antonio Álamo

127. **Qué asco de amor**
Yolanda García Serrano

128. **El último verano**
Coté Soler
Raquel Pérez

129. **Precisamente hoy**
Josep M. Benet i Jornet

130. **La cruzada de los niños de la calle**
Claudia Barrionuevo
Dolores Espinoza
Christiane Jatahy
Iván Nogales
Arístides Varga
Víctor Viviescas

131. **No es tan fácil**
Paco Mir

132. **¡Santiago (de Cuba) y cierra España!**
Ernesto Caballero

134. **23 centímetros**
Carles Alberola
Roberto García

135. **Despedida II**
Antonio Morcillo López

136. **Desnudas**
oberto Santiago

137. **"Pa siempre"**
Sebastián Junyent

138. **Las señoritas de Aviñón**
Jaime Salom

139. **Buñuel, Lorca y Dalí**
Alfonso Plou y Teatro del Temple

140. **Última batalla en El Pardo**
José María Rodríguez Méndez

141. **Los amantes del demonio**
Alberto Miralles

142. **La vesícula de Aristóteles**
Miguel Ángel Zamorano

143. **Esmoquin**
Santiago Moncada

144. **La comedia de Carla y Luisa**
J. L. Alonso de Santos

145. **Carta de amor
Vuela hacia Cecilia**
Fernando Arrabal

146. **Invierno (Cuatro estaciones)**
Julio Escalada

147. **Para los recuerdos**
Liliana Pérez

148. **En el túnel un pájaro**
Paloma Pedrero

150. **Defensa de dama**
Isabel Carmona
Joaquín Hinojosa

151. **Mi relación con la comida**
Angélica Liddell

152. **Magia Café**
Paloma Pedrero

153. **Esmoquin 2 (Un año después)**
Santiago Moncada

154. **Tentación**
Carles Batlle

155. **Ana en el trópico**
Nilo Cruz

156. **Once voces contra la barbarie del 11-M**
VV. AA.

157. **Humo**
Juan Carlos Rubio

158. **El método Grönholm**
Jordi Galceran

159. **La curva de la felicidad o la crisis de los 40**
Eduardo Galán / Pedro Gómez

160. **Fuso Negro**
Eva Hibernia

161. **¡¡¡Mamáááá!!!**
Jordi Sànchez / Pep Anton Gómez

162. **Almacenados**
David Desola

163. **Desconcierto**
Santiago Moncada

164. **En cualquier otra parte**
Alejandro Mañas

165. **Cartones**
Manuel Veiga

166. **Diálogo de sombras**
Rafael Campos

167. **Al menos no es Navidad**
Carles Alberola

168. **Barcelona, mapa de sombras**
Lluïsa Cunillé

169. **En la Toscana**
Sergi Belbel

170. **En experimentos con ratas**
Antonio Morcillo López

171. **La alambrada**
Marco Canale

172. **Carnaval**
Jordi Galceran

173. **Segunda mano**
Algún amor que no mate
Dulce Chacón

174. **La boda**
Carmen Resino

175. **Esta noche no hay cine**
La pecera y el mar
Jaime Salom

176. **Rebeldías posibles**
Luis García-Araus
Javier García Yagüe

177. **NN12**
Gracia Morales

178. **La Vampira del Carrer Ponent o Els misteris de Barcelona**
Josep Arias Velasco

179. **Los cuerpos perdidos**
José Manuel Mora Ortiz

180. **Patadas**
Antonio Álamo

181. **Friday**
Irma Correa

182. **Wilde, being Earnest**
Ozkar Galán

183. **Amargura 275**
Carlos Contreras Elvira

184. **El veneno del teatro / Trío**
Rodolf Sirera

185. **I Laboratorio de Escritura Teatral**
Pascual Carbonell
Ana Graciani
César López Llera
Vanessa Montfort
Paco Romeu

186. **Estado de gracia**
Fernando Epelde

187. **Bangkok**
Antonio Morcillo López

188. **II Laboratorio de Escritura Teatral**
Jordi Casanovas
Alberto Conejero
Irma Correa
Denise Despeyroux
Antonio Rojano
Margarita Sánchez

189. **Usted también podrá disfrutar de ella**
Ana Diosdado

190. **Caídos del cielo**
Magia Café
Paloma Pedrero

191. **Drone**
Fernando Epelde

192. **III Laboratorio de Escritura Teatral**
Paco Bezerra
Zo Brinviyer
Arturo Echavarren
Fernando Epelde
Iñigo Guardamino
Alberto Ramos

193. **Las canciones que les cantaban a los niños**
Raúl Dans

194. **IV Laboratorio de Escritura Teatral**
José Luis de Blas Correa
Lola Blasco
Carlos Contreras Elvira
Sergio Martínez Vila
Esteve Soler
Minke Wang Tang

195. **Campo de noche y niebla**
Pedro Martín Cedillo

196. **V Laboratorio de Escritura Teatral**
Manuel Benito
Beatriz Bergamín
Marcos Gisbert
Lucía Miranda
María San Miguel
Claudia Tobo

197. **Raclette**
(ed. bilingüe castellano / gallego)
Santiago Cortegoso

198. **Solo son mujeres / Només són dones**
(ed. bilingüe castellano / catalán)
Carmen Domingo

199. **El milagro español**
Pablo Remón
Roberto Martín Maiztegui

200. **VI Laboratorio de Escritura Teatral**
QY Bazo
Paco Gámez
Aizpea Goenaga
Javier Hernando Herráez
Eva Redondo
Elena María Sánchez

201. **Un tercer lugar**
Denise Despeyroux

202. **Emilia**
Noelia Adánez
Anna R. Costa

203. **VII Laboratorio de Escritura Teatral**
Carolina África
Denise Duncan
Mar Gómez Glez
Nieves Rodríguez Rodríguez
Carmen Soler
Victoria Szpunberg

204. **La Tarara**
Josi Alvarado

205. **Dinamarca**
Josep Lluís y Rodolf Sirera

206. **VIII Laboratorio de Escritura Teatral**
Juli Disla
Diana I. Luque
Sílvia Navarro Perramon
Juanma Romero Gárriz
Laura Rubio Galletero
María Velasco

207. **Sandra**
(ed. bilingüe castellano / catalán)
Daniela Feixas

208. **Aquí duermen ciervos**
Nieves Rodríguez Rodríguez

209. **Bonobo**
Josep Julien

210. **IX Laboratorio de Escritura Teatral**
Markel Hernández
Eu Manzanares
Daniel J. Meyer
Miguel Mota
Paz Palau
Mélanie Werder Avilés

211. **Muero porque no muero (La vida doble de Teresa)**
Paco Becerra

212. **La ausencia de los mundos asimétricos**
Ruth Gutiérrez Álvarez

213. **X Laboratorio de Escritura Teatral**
Marta Aran
Julio Béjar
Mafalda Bellido Monterde
África Hurtado

Vanesa Sotelo
Álvaro Nogales y Adrián Perea

214. **Primera sangre**
María Velasco

215. **La última función de Silvia K.**
Laura Aparicio

216. **XI Laboratorio de Escritura Teatral**
Josi Alvarado
Tomás Cabané
Enrique Cervantes
Santiago Cortegoso
Almudena Ramírez-Pantanella
Núria Vizcarro Boix

217. **Mater dolorosa**
María Díaz Megías

Teatro infantil y juvenil (Fundación SGAE /Anaya)

El árbol de Julia
Luis Matilla

La ciudad de Gaturguga
José González Torices

La caja de música
Alfonso Zurro

Manzanas rojas
Luis Matilla

Tira-tira o La fábrica de tiras
Agustí Franch Reche

Se suspende la función
Fernando Lalana

Dora, la hija del Sol
Carmen Fernández Villaba

Animaladas
Rafael Alcaraz Sánchez

¿Es tuyo?
Josep Albanell

Au revoir, Marie
Tina Rodríguez Olivares

Barriga
Juanluís Mira

El chip experimental
Ignasi García Barba

Descubriendo, que es gerundio
Alberto Iglesias González

Sumergirse en el agua
Helena Tornero

El último curso
Luis Matilla

Blanco (el libro que nació sin tinta)
Ángel Solo

La comedia Borja
Ignasi Moreno

Lejos
Magda Labarda

Víctor Osama
Francesc Adrià

Las piernas de Amaidú
Luis Matilla

De aventuras
Gracia Morales

Lumen, el guerrero de la luz
Mariano Lloret

Los chicos del barracón n.º 2
Luis Matilla

Un monstruo en mi país
Rodrigo Muñoz Avia

La vida de los salmones
Itziar Pascual

Nana en el tejado
Paco Gámez

Lo que vuelve a casa (y otros árboles)
Nieves Rodríguez Rodríguez

Astrolabio
Paco Romeu

Necesito una flor
Rocio Bello
Javier Hernando Herráez

La increíble historia de la caca mutante
Antonio Álamo

Un no monstruo que no vuela
Sara Pinet

Mambrú volvió de la guerra
Carlos Labraña

Naunet y el mar
Miguel Rojo

Premios Leopoldo Alas Mínguez

De hombre a hombre
Mariano Moro Lorente

Levante
Carmen Losa

La playa de los perros destrozados
Nacho de Diego

Cliff (Acantilado)
Alberto Conejero

Beca y Eva dicen que se quieren
Juan Luis Mira Candel

El año que mi corazón se rompió
Iñigo Guardamino

Eudy
Itziar Pascual

La tarde muerta
Alberto de Casso

Alimento para mastines
Javier Sahuquillo

El océano contra las rocas
Sergio Martínez Vila

El suelo que sostiene a Hande
Paco Gámez

Eloy y el Mañana
Iñigo Guardamino

La armonía de las esferas
Marcos Gisbert

Afuera están los perros
Francisco Javier Suárez Lema

Una canción italiana
Javier de Dios

Vagos y maleantes
Juan Carlos Mestre
Celia Morán

El dulce lamentar de dos pastores
(égloga trashumante)
Sergio Adillo

Teatro homenaje

Hermógenes Sainz
Historia de los Arraiz

Antonio Buero Vallejo
Las trampas del azar

José López Rubio
La otra orilla

Lauro Olmo
Pablo Iglesias

Fernando Fernán-Gómez
Los invasores del palacio

Adolfo Marsillach
Extraño anuncio

Antonio Gala
El caracol en el espejo

Enrique Fuster del Alcázar
El mercader de ilusiones. La historia de Gregorio Martínez Sierra y Catalina Bárcena

José María Rodríguez Méndez
El pájaro solitario

Biografías / Memorias

Desde el escenario. Reflexiones
y recuerdos
Jaime Salom

Francisco Nieva. Artista contemporáneo
VV. AA.

Gerardo Vera. Reinventar la realidad
Jorge Gorostiza

M.ª Teresa León.
Memoria de la hermosura
Olga Álvarez (Coord.)

Antologías

Salvador Távora y la Cuadra de Sevilla
Tres décadas de creación teatral
Salvador Távora

Manuales / Guías

Manual de producción, gestión
y distribución del teatro
(4.ª ed. totalmente revisada por el autor)
Jesús F. Cimarro

Dramaturgia española de hoy
Fermín Cabal

Mujeres creadoras

Nuria Espert
Juan Cruz

Pequeñoautor

Esto no es lo mío
María Vassart. Ils.: Noemí Villamuza

El misterio de la ópera
Norma Sturniolo. Ils.: Fernando Vicente

El niño que voló detrás de un escenario
Yolanda García Serrano. Ils.: Irene Becker

El mundo de Ariel
Marga Platel-Mateu Estarellas. Ils.: Mateu Estarellas